SCHWARZER SCHATTEN

PSYCHOTHRILLER

E. Sawyer

ISBN: 9798366200172
Imprint: Independently published

IMPRESSUM

E. Sawyer
c/o Fakriro GbR
Bodenfeldstr. 9
91438 Bad Windsheim

E-Mail: esawyer@web.de
Facebook: www.facebook.com/kalktown
Instagram: e.sawyer_author

 Die Figuren, kursiv geschriebenen Organisationen und Orte wurden frei erfunden.

ÜBER DAS BUCH

Laura ergattert ihren Traumjob bei *Gazneft*, einem global agierenden Energiekonzern. In der U-Bahn trifft sie auf eine geheimnisvolle Bekanntschaft. Doch der Fremde entpuppt sich nach dem ersten Date unerwartet als bestialisches Monster. Er hat sie nicht ohne Grund ausgewählt. Nur das Ermittler-Trio vom Berliner LKA kann jetzt noch helfen. Ob Laura dem perfiden Plan ihres besessenen Entführers rechtzeitig entkommen wird?

»Schwarzer Schatten« ist nach dem Erfolg von »Kostbares Blut« der zweite nervenaufreibende Thriller von E. Sawyer.

„Sobald ein Anstieg der globalen Durchschnittstemperatur messbar sein wird, ist es bereits zu spät.“

Interne Berichte einer Erdölfördergesellschaft über die Verbrennung fossiler Energieträger, 1977

Prolog

Es geschieht schon wieder irgendwo in einem der vielen U-Bahn-Waggons inmitten der Großstadt. Er wittert ihre Angst. Leidenschaft und Erregung vermischen sich mit unbändigem Hass. Sie müssen büßen für ihre Sünden, denn sie sind schuldig, so schuldig wie ihre Liebhaber, die vom Glanz der Vergänglichkeit geblendet wurden. Er allein besaß die Gabe, nur er allein konnte sie vom Schmerz der Ambivalenz erlösen.

So krank diese Welt mittlerweile auch geworden war, er allein sollte Recht über Unrecht walten lassen und ihnen das schreckliche Gefühl der Perfektion und Zerrissenheit nehmen. Doch noch viel wichtiger war die Botschaft, die er hinterließ. Seine Opfer mussten in Leid und Schmerz ertrinken, so wie es die Stimmen ihm befahlen.

Vielleicht lag es an der Makellosigkeit junger Frauen, die ihn magisch anzog, so als wäre er eine vom Instinkt getriebene Motte, die gegen das Licht flog und im Unheil verglühte. Dem Duft seiner Beute würde er sich wohl nie ganz entziehen können.

Manchmal traf er sie zufällig an einem öffentlichen Ort. Charmant näherte er sich ihnen an, seine zuvorkommende Art ließ Frauenherzen höherschlagen. Wenn sie ihn dann bemerkten, war es meist schon zu spät. Er suchte sich immer nur die Schönsten aus, denn er war selbst schön, nahezu hinreißend, ein begehrenswerter Ästhet. Und er war ein Sammler, ein besessener Trophäenjäger.

Wie viele es schon gewesen waren?

Er hatte längst aufgehört zu zählen.

Ob es auch diesmal klappen würde?

Schon damals konnten Frauen ihm nicht widerstehen. Doch er war ein Spieler, ein süchtiger Spieler, der mit unfairen Mitteln spielte und den Nervenkitzel suchte. Wenn er erst ihr Vertrauen erlangt hatte, begann das Spiel. Ein tödliches Spiel ohne Ausweg. Er allein bestimmte die Regeln. Er allein behielt die Kontrolle. Und es gab nichts, das er besser beherrschte, als den langsam herbeigeführten Tod seiner hilflosen Opfer.

Kapitel 1

Für den Job als Lobbyistin bei *Gazneft*, einem großen Erdgas- und Erdölkonzern, war Laura extra nach Berlin gezogen. Sie kannte niemanden hier, das war jedoch kein Problem, denn Berlin galt nicht ohne Grund als die Single-Hauptstadt schlechthin, das Paradies für junge Single-Frauen auf Partnersuche. Wenn Laura abends die U-Bahn nahm und auf ihrem Smartphone herumtippte, war alles in bester Ordnung. Sie war auf *Tinder, Bumble, Badoo, OkCupid* und *LOVOO* angemeldet, pro Tag bekam sie unzählige Likes und Matches angezeigt. Bei einem Profil wie ihrem war das auch kein Wunder. Sie gehörte zu jenen Frauen, die als besonders attraktiv galten. Doch diese ganzen Typen aus dem Internet interessierten sie nicht, sie nutzte die vielen Apps nur zur Bestätigung. Wenn es um die Partnersuche ging, war sie konservativ. Sie wollte angesprochen werden. Von einem selbstbewussten Kerl mit guten Manieren, einem richtigen Mann eben.

Ihren ersten Tag im Büro hatte sie damit verbracht, den neuen Arbeitsplatz einzurichten, alle Programme zu installieren und die Kolleginnen und Kollegen zu begrüßen. Umso glücklicher war sie am späten Abend, als sie zurück in ihre schicke Altbauwohnung fahren konnte. Obwohl sie gerne mit dem Fahrrad geradelt wäre, nahm sie die U-Bahn. In einem Sportstudio würde sie sich früher oder später ohnehin anmelden, da fiel die eine Strecke, die sie mit der U-Bahn fuhr, nicht weiter ins Gewicht. Sie schwankte noch zwischen zwei großen Fitness-Studios. Für eines der beiden Unternehmen hatte sie in ihrem früheren Job bereits eine Kampagne entworfen, die ihrer Karriere den letzten Kick gab. Es dauerte keine drei Tage, da wurde ein großer Erdölkonzern auf ihre außergewöhnlichen Fähigkeiten aufmerksam. Mit einem lukrativen Angebot hatte man sie schnell abwerben können. Und nun war sie endlich da angekommen, wo sie schon immer hinwollte; irgendwo in Mitte zwischen Bioläden und Kinderspielplätzen. Es fehlte nur noch der richtige Partner an ihrer Seite.

Ihr Büro befand sich in einem Hochhaus am Berliner Hauptbahnhof, schon bald sollte hier die neue Europa City entstehen. Leider gab es keine Treppen, die hinauf zu ihrem Büroarbeitsplatz im obersten Stockwerk führten, nur einen Fluchtweg für den Notfall und den Fahrstuhl. Sie hasste enge Räume. Und sie hasste Fahrstühle. Als kleines Mädchen hatte man sie versehentlich stundenlang in einem stickigen Raum eingesperrt, damals in der alten Heimat zwischen Paderborn und Dortmund, wo sie einst zur

Schule ging. Dieses Trauma verfolgte sie seitdem jeden Tag und es war ein täglicher Kampf, wenn sie in einen Fahrstuhl einsteigen musste. Jenes hilflose Gefühl des totalen Kontrollverlustes trieb ihr den Angstschweiß auf die Stirn. Wenn sie dann auch noch ganz alleine im Fahrstuhl eingesperrt war, bekam sie sogar Herzrasen, das steigerte sich dann schnell hin zu einer richtigen Panikattacke. Weil sie sich nicht länger von ihren Ängsten beherrschen lassen wollte, schon gar nicht im neuen Job, öffnete sie entschlossen ihren Web-Browser am Smartphone. Dann suchte sie gezielt und ausgiebig nach einer Therapie. Ihre Web-Suche verfeinerte sie mit dem Schlagwort Platzangst, auch *Klaustrophobie* genannt.

Zufrieden über die zahlreichen Suchergebnisse und ihre geleistete Recherchearbeit, verließ sie spät abends ihr Büro über das Treppenhaus. Mit einem zuversichtlichen Lächeln im Gesicht spazierte sie durch den feinen Nieselregen hin zur nächstgelegenen U-Bahn-Haltestelle. Die Lichter der Straßenlaternen reflektierten in den sich auftuenden Pfützen, zusammen mit der passenden Musik im Ohr, bekam sie richtige Großstadtgefühle. Das muss dann wohl der Anfang von etwas ganz Großem sein, dachte sie voller Hoffnung.

Immerhin hatte sie sich heute zum ersten Mal intensiver mit ihren Ängsten auseinandergesetzt, was für gewöhnlich ein unbequemer Akt war und von vielen Menschen deshalb auf die lange Bank geschoben wurde. Laura hoffte so sehr, dass sich in der neuen Stadt schon bald alles zum Guten wenden würde.

Kapitel 2

»Darf ich mich zu Ihnen setzen?«

Laura schaute auf den großgewachsenen Kerl mit athletischer Statur, der sie soeben in der U-Bahn angesprochen hatte. Seine großen braunen Augen waren ihr sofort sympathisch. Er hatte gepflegtes Haar und besaß ein zuvorkommendes Auftreten.

»Na klar, gerne!«, sagte sie zuversichtlich. Dann widmete sie sich wieder ihrem Handy, um *Instagram* zu checken.

»Muss nervig sein, diese ganzen Nachrichten zu beantworten ...«

Laura schaute den Kerl erneut an. Offenbar suchte er das Gespräch. Er wirkte weder aufdringlich, noch unverschämt.

»Ach Quatsch …«, sagte sie. »Ich antworte eh selten.«

»Aber mir antworten Sie doch auch«, erwiderte der Unbekannte.

»Sie sind ja auch echt. Und Sie hatten den Mut, mich anzusprechen.«

Der Unbekannte schaute ihr daraufhin tief in die Augen, vielleicht etwas zu tief und einen Moment zu lange. Dann lächelte er gewinnend. Für ihn lief alles nach Plan. Sie hatte den Köder geschluckt, nun war es an der Zeit, den Spieß umzudrehen. Er musste Laura zeigen, dass sein Status sehr viel höher war als ihrer. Sie sollte von nun an diejenige sein, die um Aufmerksamkeit und Anerkennung bei ihm buhlen würde.

»Na ja, hat mich gefreut«, sagte der Fremde zu Laura. Dann stand er auf und ging zur Tür. Laura saß noch immer aufgewühlt in der U-Bahn. Sie konnte einfach nicht fassen, was soeben passiert war. Der Unbekannte hatte sich erst angenähert und dann ganz plötzlich von ihr entfernt. Mit diesem irritierenden Gefühl konnte sie nicht umgehen. Normalerweise liefen ihr die Typen reihenweise hinterher und nervten solange, bis sie freiwillig ihre Nummer rausgab, was sie für gewöhnlich nie tat. Und wenn es dann doch mal geschah, dass ein nerviger Typ ihre Nummer in seine schmierigen Finger bekam, dann strafte sie ihn mit Nichtbeachtung ab, was einem sogenannten *Ghosting* gleichkam. Denn sie war bisher in nahezu jeder Beziehung diejenige gewesen, die von ihren männlichen Partnern umgarnt wurde. Zunehmend war sie vom schleimigen Getue der Männer gelangweilt, die ohnehin immer nur das Eine von ihr wollten. Der Unbekannte aus der U-Bahn schien jedoch kein weiteres Interesse an ihr zu zeigen, das kratzte an Lauras Ego. Kurz bevor die U-Bahn stoppte, stand sie auf und eilte zu ihm.

»Sie wollen jetzt einfach so gehen?«, fragte sie erstaunt. Der sympathische Kerl mit den kastanienbraunen Augen lächelte sie selbstbewusst an, dann streifte er zärtlich ihre rechte Schulter. Laura bekam sofort Gänsehaut. Es war so, als würde sich die Wärme seiner Fingerspitzen direkt auf sie übertragen.

»Sie sind etwas ganz Besonderes und ich möchte Sie nicht verletzen«, sagte der Fremde. »... ist wohl das Beste, wenn ich jetzt aussteige«, fügte er abweisend hinzu. Doch Laura hatte längst Feuer gefangen. Diese Chance ließ sie sich nicht entgehen. In ihren Augen blitzten Momente der Einsamkeit auf, sie sah sich wieder alleine im Bett liegen und *Netflix* schauen. Dabei hatte sie schon alle coolen Serien kurz vor ihrem Umzug nach Berlin verschlungen. Das musste endlich aufhören. Sie hatte keinen Bock mehr auf einsame Nächte mit Pizza und Serienmarathons. Dieser Kerl sah nicht nur umwerfend aus, er hatte auch noch eine unglaublich anziehende Art an sich. Laura konnte nicht in Worte fassen, was sie an ihm mochte. Sie kannte ihn keine zehn Minuten, doch sie spürte innerlich, dass er ihr Herz spürbar zum Pochen gebracht hatte so wie kein Kerl jemals zuvor.

Kurz bevor der Fremde die U-Bahn am Bahnhof Friedrichstraße verließ, zückte Laura einen Stift aus ihrer schwarzen Lederhandtasche. Sie tat etwas, das sie noch nie zuvor im Leben getan hatte.

»Geben Sie mir bitte Ihren Arm!«, sagte sie nun fast schon flehend. Der Unbekannte schüttelte erst den Kopf, dann lächelte er sie erneut an. Wieder verlor sie sich in seinen kastanienbraunen Augen. Er wusste genau, was jetzt folgen würde. Also krempelte er den linken Ärmel seines karierten Designer-Hemdes nach oben. Zum Vorschein kam ein durchtrainierter Unterarm, der mit leicht hervortretenden Adern durchsetzt war und erahnen ließ, wie viel Kraft in ihm steckte. Laura griff forsch nach seinem Handgelenk. Sie kritzelte wild mit dem Kugelschreiber auf die Unterseite seines Armes herum. Die Ziffern wirkten etwas krakelig, weil sie so sehr zitterte.

»Hier ist meine Nummer, ich heiße übrigens Laura«, sagte sie schüchtern. Der Unbekannte nickte ihr zu, dann verließ er die U-Bahn.

»Wie heißen Sie?«, rief Laura ihm hinterher. Der Fremde drehte sich ein letztes Mal zu ihr um. Kurz bevor das Geräusch der sich schließenden Türen ertönte, sagte er: »Luzius, mein Name ist Luzius.«

Kapitel 3

»Oh mein Gott, was hat dieses kranke Schwein bloß mit ihr angestellt?«, fragte Polizeikommissar Johannes Redlich seine Partnerin Anna-Maria Montag von der Spurensicherung.

Mitten in der Nacht hatte man eine Frauenleiche am Ufer des Berliner Plötzensees entdeckt. Die Frau wurde übel zugerichtet. Sie hatte Hämatome am ganzen Körper und lag hinter dem abgesperrten Zaun, an dem für gewöhnlich Badegäste kampierten.

»Wir haben einen Obdachlosen aus dem Volkspark Rehberge verhört, er meinte, es gab einen heftigen Streit gegen 02:35 Uhr. Anschließend hätte er quietschende Reifen gehört«, sagte Kommissar Redlich. Anna-Maria Montag von der Spurensicherung nickte. Sie arbeitete beim Kriminaltechnischen Institut des LKA. Die Leiche lag am Ufer des Plötzensees. Eines der Beine ragte mitsamt Schuhwerk direkt im schlammigen Wasser, die Kleidung hatte sich bereits blutrot verfärbt und mit Feuchtigkeit vollgesaugt. Die Haut der Leiche wirkte aufgeschwemmt. Anna begutachtete den leblosen Körper.

»Die Spuren an ihrem Hals deuten auf einen gewaltsamen Tod durch Erdrosseln hin. Außerdem ist ihr Gesicht mit blauen Flecken übersät. Der Täter muss ihr mehrfach ins Gesicht geschlagen haben«, sagte Anna zu ihrem Kollegen.

»Hatte sie ihre Papiere dabei?«, fragte Kommissar Redlich. Er analysierte das Motiv des Täters immer sofort unter psychologischen Gesichtspunkten, seine Partnerin war hingegen die nüchterne Forensikerin aus dem Labor. Er suchte nach der Motivation des Täters. Anna zog ihre Latexhandschuhe über. Dann griff sie vorsichtig in die Jackentasche des Opfers.

»Ja, die Brieftasche ist noch da«, sagte Anna nüchtern. »… die einhundert Euro wurden überhaupt nicht angerührt. Bei dem Opfer handelt es sich offenbar um eine gewisse Monica Schmidt, wohnhaft in Berlin«, fügte sie hinzu.

»Also anscheinend kein Kapitalverbrechen«, kommentierte Kommissar Redlich. Er zückte sein

Diensthandy hervor und rief sofort in der Direktion an. Während Kommissar Redlich alle neuen Erkenntnisse zum Fall weitergab, untersuchte seine Kollegin vom Kriminaltechnischen Institut die Faserspuren auf der schwarzen Stoffjacke des Opfers. Sie zückte ein kleines Probenröhrchen aus ihrem Kittel. Anschließend überführte sie die hellen Faserspuren mit einer Pinzette in das Gefäß.

»Wir müssen sofort los, Anna«, sagte Kommissar Redlich. »Es gibt bereits einen Verdächtigen. Der Lebensgefährte des Opfers wurde soeben verhaftet. Ich würde ihn gerne persönlich verhören. Haben Sie denn etwas gefunden?«

»Auffällige Faserspuren an der schwarzen Stoffjacke, die nicht zum Kleidungsstück des Opfers passen. Schaue ich mir unter dem Mikroskop mal etwas genauer an, wenn ich wieder im Institut bin«, sagte Anna.

***

»Hey Luzius, was machst du gerade?«, tippte Laura bei *WhatsApp* am späten Abend in ihr Handy. Sie lag schon im Bett und konnte nur noch an die geheimnisvolle Begegnung aus der U-Bahn denken. Sie schrieb nun schon seit einigen Stunden mit ihm. Laura wurde nach jeder Nachricht ungeduldiger. Sie musste ihn einfach wiedersehen.

»Guck mal hier«, antwortete der Typ am anderen Ende der Leitung. Lauras Herz schlug schneller. Offenbar hatte er ihr ein Bild geschickt. Als sie die Datei von Luzius öffnen wollte, stürzte plötzlich ihr Handy ab.

»So ein Mist, warum passiert das ausgerechnet jetzt?«, fluchte sie. Dann schaltete sie ihr Gerät nichts ahnend wieder ein.

Kapitel 4

»Hallo Laura, willkommen in meiner Welt«, flüsterte die dunkle Gestalt vor dem grell leuchtenden Monitor. Luzius saß in einem abgedunkelten Kellerraum. Vor ihm flackerten vier Bildschirme. Wieder hatte es funktioniert. Wieder war ein neues Opfer in seine Falle getappt.

Mit der rechten Hand berührte er Lauras verpixelte Lippen auf dem Bildschirm des Monitors. Soeben hatte er die Datei ausgeführt, die Laura für ein normales Bild von Luzius gehalten hatte. Damit erlangte er die vollständige Kontrolle über ihr Smartphone. Es fühlte sich für ihn jedes Mal wie eine neue Geburt an, wenn seine Opfer erwartungsvoll ihr Handy neustarteten und erleichtert in die Frontkamera schauten, so als wäre nichts weiter passiert. Doch in jenem Augenblick passierte im Hintergrund eine ganze Menge. Die Geräte seiner Opfer waren infiziert. Die dunkle Gestalt hatte einen neuartigen Trojaner programmiert, der von keinem Antivirenprogramm aufgespürt werden konnte. Die Sequenzen seiner Schadsoftware waren bisher unbekannt und in noch keiner Antiviren-Referenzdatenbank gespeichert. Wenn das infizierte Gerät mit dem Internet verbunden war, konnte der Angreifer praktisch in Echtzeit auf beide Kameras zugreifen und sogar das Mikrofon für einen Lauschangriff missbrauchen.

Dieses Gefühl der absoluten Kontrolle war so aufregend für Luzius, dass er einfach nicht mehr davon ablassen konnte. Immerzu musste er Laura dabei beobachten, wie sich ihre großen Kulleraugen angestrengt über den Leuchtbildschirm ihres Handys bewegten. Immerzu musste er sie anstarren. Jedes noch so kleine Blinzeln konnte er in Echtzeit mitverfolgen, denn Laura hing nun schon stundenlang am Handy. Manchmal summte sie ganz leise eine Melodie, vermutlich ein Song aus dem Radio, oder sie spielte sich in den Haaren herum, das fand er unglaublich erregend. Und sein Verlangen wurde immer größer.

Nicht nur Passwörter spähte er so über einen Keylogger aus. Er konnte sogar die gesamte Kommunikation über *WhatsApp* mit ihrer besten Freundin mitverfolgen und sämtliche Suchanfragen der letzten Monate detailliert mit einem speziellen KI-Algorithmus aufschlüsseln. Als Laura dann endlich auf den Namen Luzius zu sprechen kam, da entfuhr aus ihm ein gespenstisches Gelächter. Es war das Lachen eines krankhaften Psychopathen.

Kapitel 5

»Interessant, die Faserspuren auf der Jacke des Opfers passen tatsächlich zur Referenzprobe des Verdächtigen«, sagte Anna beiläufig zu sich selbst, als sie die beiden Proben im Labor mikroskopierte. Sie war ins Kriminaltechnische Institut zurückgekehrt, um die Faserspuren zu analysieren. Mit ihren neuen Erkenntnissen verließ sie das Labor, um einen Bericht für die Mordkommission zu schreiben. Beim Bildexport bemerkte sie plötzlich, dass sie etwas übersehen hatte. Auf einem der Bilder erkannte sie die eingetrockneten Überreste einer rotbraunen Flüssigkeit. Schnell wurde ihr klar, dass es sich dabei nicht um das Blut des Opfers handelte. Sie musste schnell zurück ins Labor, um die DNA aus der Faserprobe zu extrahieren. Also zog sie ihren weißen Laborkittel an. Um keine fremde DNA einzuschleppen, trug sie eine Stoffhaube und einen Mundschutz. Außerdem zog sie sich zwei DNA-freie Nitrilhandschuhe über. Mit einer gereinigten Pinzette suchte sie unter dem Binokular die Faser heraus, an der sie fremde Blutspuren vermutet hatte.

Während Anna im Labor der Blutspur auf den Zahn fühlte, verhörte Kommissar Redlich den Verdächtigen.

»Sie sind also der Lebensgefährte des Opfers, richtig?«, fragte Kommissar Redlich den Kerl im Verhörzimmer. Bei dem Verdächtigen handelte es sich um einen dickbäuchigen Säufer mittleren Alters. Da er seine Jacke zur Beweissicherung zuvor hatte abgeben müssen, trug er nur ein weißes Unterhemd. Er schwitzte so stark, dass man die Flecken unter seinen Achseln sehen konnte. Auch die Luft im Verhörzimmer hatte etwas abgestanden gerochen, als Kommissar Redlich den Raum betrat. Der Verdächtige schwieg. Dann schaute er den Kommissar für einen kurzen Moment in die Augen.

»Ich möchte sofort mit meinem Anwalt sprechen, vorher verrate ich Ihnen einen feuchten Scheißdreck, verstanden?«

»Mein Gott, so kommen wir hier nicht weiter …«, sagte Kommissar Redlich zu seinen Kollegen, die hinter dem Spiegel jedes einzelne Wort mitverfolgt hatten. Plötzlich klopfte es an der Tür. »Herr Kommissar, Frau Doktor Montag hat soeben angerufen, sie möchte umgehend mit Ihnen sprechen!«

Kommissar Redlich verließ das Verhörzimmer, um das Telefon in die Hand zu nehmen. Am anderen Ende der Leitung erstattete ihm Anna einen vorläufigen Bericht.

»Die Faserspuren auf der Jacke des Opfers sind identisch mit den Faserspuren der Jacke des Verdächtigen …«, sagte Anna. Nach einer kurzen Pause hörte sie ein Stöhnen.

»Mensch Anna …«, sagte Kommissar Redlich. »… der Typ war doch ihr Lebensgefährte. Also warum sollte dieser Befund etwas an dem Fall ändern?«

»Tja Hannes, da gibt es noch etwas …«

»Schieß los!«

»Ziemlich eindeutige Blutspuren an einer der fremden Textilfasern, die offenbar nicht vom Opfer stammen.«

»Sondern?«, fragte Kommissar Redlich neugierig.

»Vermutlich vom Täter. Kannst du das bitte übernehmen, Hannes? Dann sparen wir uns diesen ganzen Bürokratiekram. Wir sind hier dermaßen am Institut überlastet, dass unsere technischen Angestellten ein paar Monate für einen simplen DNA-Abgleich bräuchten«, gab Anna zu bedenken.

»Na klar, ich weiß ja, was zu tun ist«, erwiderte Kommissar Redlich. Dann legte er auf und ging zurück ins Verhörzimmer. Auf dem Weg dorthin zog er sich noch einen Kaffee vom Automaten. Von dem Zeug bekam er zwar immer übles Sodbrennen, aber ohne Koffein hielt er es nicht länger auf der Wache aus. Auch jetzt hatte er wieder die Zeit vergessen. Wie viele Überstunden er bereits angesammelt hatte, wollte er gar nicht erst ausrechnen.

»Darf ich mich bitte einen kurzen Moment unter vier Augen mit dem Verdächtigen unterhalten?«, fragte Kommissar Redlich seine zwei jüngeren Kollegen, die etwas mehr Wert auf eine gute Work-Life-Balance legten und nickten.

»Wir sind dann mal kurz draußen, Essen holen«, sagte einer der beiden Anwärter mit einem Lächeln. Kommissar Redlich wusste genau, dass dies eine Lüge war. Beim letzten Mal kamen die beiden Anwärter gar nicht mehr zurück. Sie hatten einfach frühzeitig Feierabend gemacht. Aber das war in Ordnung für

Polizeikommissar Johannes Redlich, der zum alten Schlag gehörte und noch wusste, wie sich harte Polizeiarbeit anfühlte. Außerdem wollte er ungern Ärger für seine kurzen Dienstwege bekommen. Er brauchte umgehend eine Haarprobe vom Verdächtigen. Oder ein Geständnis. Im besten Fall sogar beides. Und zwar ohne richterlichen Beschluss oder sonstigem Papierkram.

»Es ist vorbei«, sagte Kommissar Redlich zum Verdächtigen, der noch immer seelenruhig auf seinen Anwalt wartete.

»Sie waren am Tatort und trugen helle Kleidung!«

Der Verdächtige verzog die Augenbrauen. Dann kratzte er sich am Hinterkopf, so als wollte er darüber nachdenken, ob die Beweislast bereits erdrückend war und für eine Untersuchungshaft genügte.

»Das beweist gar nichts …«, rechtfertigte sich der Lebensgefährte des Opfers.

»Ich habe ihre Akte studiert, sie saßen bereits wegen gefährlicher Körperverletzung in der JVA Plötzensee. Schon irgendwie bizarr, es genau dort wieder zu tun, finden Sie nicht?«

»Ich möchte meinen Anwalt sprechen.«

»Haben Sie Ihre Lebensgefährtin denn überhaupt geliebt?«, bohrte Kommissar Redlich nach. Jetzt zeigten sich erste Reaktionen beim Verdächtigen. Er wurde unruhig und wütend, so langsam ließ er sich aus der Fassung bringen. Zur Sicherheit überprüfte Kommissar Redlich die Handschellen. Er wollte ungern riskieren, sich mit dem Kerl zu prügeln, während seine Kollegen abwesend waren.

»Natürlich habe ich sie geliebt. Abgöttisch habe ich sie geliebt. Wir waren seit vielen Jahren ein glückliches Paar. Aber dann hat sie plötzlich …«, knirschte der Verdächtige noch immer wütend mit geballter Faust. Kommissar Redlich witterte seine Chance. Er versuchte den Satz zu beenden.

»… dann hatte sie plötzlich jemanden kennengelernt …«, ergänzte Redlich intuitiv. Der Verdächtige pustete und nickte, pustete und schüttelte kurz darauf den Kopf.

»Es reicht, ich will sofort mit meinem verdammten Anwalt sprechen, haben Sie gehört?«

Er schüttelte sich und versuchte aufzustehen, doch die Handschellen saßen so fest, dass er am Verhörtisch fixiert blieb. Kommissar Redlich setzte nun zum finalen Bluff an.

»Wir haben Ihre DNA-Spuren am Tatort entdeckt. Auf der Jacke des Opfers hatten sich nicht nur Textilfasern von eines Ihrer Kleidungsstücke befunden, sondern auch Spuren von Ihrem Blut. Es ist vorbei …«, sagte Kommissar Redlich mit zielgerichtetem Blick auf die Platzwunde am rechten Handballen des Verdächtigen. Dieser brach daraufhin in Tränen aus.

»Ich habe Monica wirklich geliebt, das müssen Sie mir glauben. Aber dann war da dieser Typ. Dieser schmierige Wichser, dieses perverse Schwein. Er hat sie ins Bett gekriegt, meine Monica. Und dann hat er unzählige Bilder gemacht. Von ihrem nackten Körper. Von seinem Geschlechtsteil. Dieses kranke Schwein hat mir die Bilder über *WhatsApp* zugeschickt. Dann bin ich ausgerastet und habe Monica am See direkt zur Rede gestellt. Eigentlich wollten wir uns am Strandbad nur kurz abkühlen. Hält man nachts ja kaum noch aus bei der Hitze. Als dann die vielen Bilder auf meinem Handy eintrafen, da habe ich die Beherrschung verloren. Es tut mir alles so unfassbar leid, ich wollte ihr das nicht antun, aber Sie können sich nicht vorstellen, wie wütend ich in dem Augenblick war. Wenn doch nur jemand in der Nähe gewesen wäre, der mich hätte beruhigen können. Mir kam es fast so vor, als wollte mich dieser Kerl provozieren …«

»Haben Sie die Bilder noch?«, fragte Kommissar Redlich.

»Das ist ja das Kuriose. Sie wurden kurz darauf vom Absender gelöscht, so als hätte es sie nie gegeben«, sagte der Beschuldigte. Kommissar Redlich kratzte sich am Hinterkopf. Das ergab alles keinen Sinn. Suchte der Täter vielleicht nur einen Sündenbock für sein Verbrechen?

»Und der Absender, hatten Sie ihn gekannt? Wie war seine Telefonnummer?«, fragte Kommissar Redlich irritiert. Der Beschuldigte schaute auf sein gesperrtes Smartphone, das vor ihm auf dem Verhörtisch lag.

Kapitel 6

»Das hier haben wir vom Täter beschlagnahmt«, sagte Kommissar Redlich zu Olaf Schwamborn, dem besten LKA Mitarbeiter im Bereich Cybercrime. Kommissar Redlich legte das gesperrte Smartphone auf Schwamborns Computertisch.

»Wir brauchen mal wieder Ihre Hilfe!«

»Das glaube ich Ihnen sofort«, erwiderte Olaf Schwamborn mit einem überspitzten Lächeln. Als

Spezialist im Bereich der digitalen Forensik beschäftigte sich Olaf Schwamborn auch mit Kryptographie. Er brauchte keine zehn Minuten, um das Passwort des Smartphones mit einer gezielten Brute-Force-Attacke zu knacken. »Bingo, ich hab´s ...«

»Wow, das ging ja schnell«, sagte Anna-Maria Montag erstaunt. Sie war soeben aus dem Labor geeilt, um Kommissar Redlich zu sprechen. Schließlich hatte sie zuvor die Haarproben des Verdächtigen angefordert. Doch nun schaute sie begeistert dabei zu, wie Olaf Schwamborn vor seinen vier Bildschirmen saß und kryptische Codes in die Konsole eingab. Beim Eintippen der Befehle tropften Schweißperlen von Olaf Schwamborns blasser Stirn. Er hatte wuschelige Haare und kaum Bartwuchs, auf seiner Nase saß eine klobige Hornbrille. Rein äußerlich gesehen war Olaf das komplette Gegenteil von Johannes Redlich, der mit seiner männlichen Statur schon so manchen Verbrecher eingeschüchtert hatte. Nichtsdestotrotz rückte Anna-Maria Montag immer näher an die vier Bildschirme heran, was Olaf Schwamborn dazu veranlasste, noch professioneller zu wirken.

»Das war ein Kinderspiel«, sagte Olaf Schwamborn zu Anna, die ihn noch immer begeistert anschaute und gespannt darauf wartete, welcher Zaubertrick als nächstes folgen würde.

»Das reicht uns. Mehr brauchen wir nicht, Herr Schwamborn, vielen Dank für Ihre Arbeit«, sagte Kommissar Redlich. Anna wich zurück. Als studierte Naturwissenschaftlerin hatte sie ein starkes Interesse an den Möglichkeiten der Kryptographie. Doch bereits im Studium hatte sie gemerkt, dass ihre kognitiven Fähigkeiten eher im Bereich der Biochemie funktionierten, sie war die geborene Auswendiglernerin. Seitdem sie die Prüfung im Modul Bioinformatik nur knapp bestanden hatte, traute sie sich nicht mehr an das weite Feld der Computerwissenschaften heran. Trotzdem wusste sie, dass gerade im Bereich der digitalen Forensik unglaublich viele Möglichkeiten bestanden, Tätern mittels technischer Methoden auf die Schliche zu kommen. Während sie lieber im Labor stand, um DNA-Analysen durchzuführen, war Johannes Redlich der geborene Straßenpolizist. Er hatte sich als Streifenpolizist hochgearbeitet und nie studiert. Seine Praxiserfahrung war jedoch sehr viel mehr Wert. Und so bekam er nach zähen Verhandlungen irgendwann den Posten als Kommissar angeboten. Mit Weiterbildungen im Bereich der Psychologie war Kommissar Redlich für die gesamte Kommunikation und Ermittlungsarbeit zuständig. Von diesen ganzen neuen Medien hielt er überhaupt nichts. Für ihn war die Welt vor der Zeit des Smartphones eine Bessere.

»Na dann wollen wir mal schauen, was wir hier so alles finden«, sagte Kommissar Redlich mit einem Augenzwinkern zu Anna. Er nahm das entsperrte Handy in die Hand und tippte im Zeitlupentempo darauf herum. Dann runzelte er die Stirn und kratzte sich irritiert am Hinterkopf. Anna schmunzelte und schaute zu Olaf, der ihr ebenfalls ein Lächeln schenkte.

»Wie komme ich denn zurück ins Hauptmenü?«, fragte Kommissar Redlich. Anna und Olaf konnten sich ihr Lachen nicht mehr verkneifen. Als Kommissar Redlich verlegen mitlachte, streckte Olaf die Hand aus. Es dauerte keine zwei Minuten, da hatte Olaf Schwamborn den Ordner gefunden, in dem die Bilder laut Aussage des Täters hätten liegen sollen.

»Alles gelöscht, scheinbar über einen externen Zugriff«, sagte Olaf Schwamborn. Erneut schloss er das Smartphone an seine Hacker-Station an.

»Ich kann versuchen, die Spur zurückzuverfolgen. Aber das wird nicht einfach!«

»Versuchen Sie es bitte!«, sagte Anna. Kommissar Redlich nickte. Er schaute auf die Uhr. »Hat irgendjemand Lust auf einen Kaffee?«

Neben dem Computertisch lag ein bunter Karton

mit Energy-Drinks. »Anscheinend nicht«, schob Kommissar Redlich hinterher. Dann verließ er den Raum, während Olaf und Anna gespannt auf die vier Monitore starrten. Sie hatten in diesem Augenblick nur diese eine Spur.

Kapitel 7

»Laura, du kleines Miststück, mit wem schreibst du denn jetzt schon wieder?«

Luzius hatte sie wieder beobachtet und ihre Chatverläufe in Echtzeit mitverfolgt. Sie schrieb mit einem anderen Mann, das machte ihn wahnsinnig. Er wollte Laura ganz für sich alleine haben, wenn er sie durch die kleine Linse ihrer Frontkamera beobachtete. Er wollte ihr tief in die Augen schauen und jedes einzelne Zwinkern für sich alleine haben. Doch sie schrieb mit einem anderen Mann, während er sie anstarrte. Er wurde wütend. Sehr wütend. Der Trojaner auf ihrem Handy gab ihm die Macht, bestimmte Dinge zu tun, die ihm das Gefühl von Kontrolle gaben. Also öffnete er die Konsole, um einen kryptischen Befehl einzugeben. Dann bestätigte er den Code und schickte ihn auf Lauras Handy. Plötzlich stürzte Lauras Messenger ab. Als sie WhatsApp öffnen wollte, um auf die neue Nachricht des anderen Kerls zu antworten, hing sich die App komplett auf. Das kurze Zeitfenster nutzte er für eine direkte Kontaktaufnahme. Nur ungern wollte er sich diese Trophäe entgehen lassen. Außerdem war es jetzt egal, sie musste für ihre vielen Sünden büßen. Er hatte etwas ganz Besonderes mit ihr vor, nachdem er endlich herausgefunden, für welche Firma sie arbeitete und welche Ängste in ihr schlummerten.

»Hey Laura, wollen wir uns treffen?«

»Jetzt?«, schrieb sie innerhalb weniger Sekunden zurück.

»Heute Abend auf einen Cocktail im Café Chagall. Was hältst du davon?«

Er beobachtete jede kleine Regung ihrer Gesichtszüge. Sie war Feuer und Flamme. Er hatte einen Plan und sie war die nächste auf seiner Liste. Nun wollte er es selbst tun. Er wollte selbst das Gefühl der vollständigen Kontrolle über Lauras Leben bekommen.

Und er musste endlich ein deutliches Zeichen setzen, damit die Menschen verstanden, warum er ausgerechnet Laura ausgewählt hatte. Also schaltete er den Fernseher aus, in dem Bilder vom brennenden Regenwald und ausgedörrten Feldern in Dauerschleife liefen. Hatte das Schicksal ihn erneut auserkoren?

War es mehr als nur ein Zufall, dass ausgerechnet Laura in der U-Bahn auf ihn wartete? Luzius war sich ganz sicher. Die Stimmen in seinem Kopf wollten es so. Laura war der Schlüssel zur großen Prophezeiung.

Kapitel 8

»So kommen wir hier leider nicht weiter«, sagte Olaf Schwamborn zu Anna, die genüsslich an ihrem Energy-Drink schlürfte.

»Es gab tatsächlich einen Angriff von außen, aber die Spuren lassen sich nicht zurückverfolgen«, ergänzte Olaf. Anna schaute ihn fragwürdig an, so als wollte sie Olaf zu neuen Höchstleistungen anspornen. Dann legte sie ihre Hand auf Olafs rechte Schulter und flüsterte ihm leise zu. »Ach komm, du schaffst das schon, immer positiv bleiben!«

Im gleichen Augenblick kam Kommissar Redlich mit zwei Bechern frisch gebrühtem Kaffee zurück. Als er sah, dass Anna ihre Hand auf Olafs Schulter gelegt hatte und am Energy-Drink schlürfte, blieb er stehen.

»Na super, den hier wirst du ja jetzt nicht mehr brauchen«, sagte Kommissar Redlich mit enttäuschtem Blick. Er ging zum Mülleimer und ließ den zweiten Kaffeebecher fallen. Das laute Plätschern schreckte auch Olaf kurz auf, der sich zum ersten Mal von seinem Computerdrehstuhl erhob, um sich kurz darauf wieder hinzusetzen. Es lag eine undefinierbar schlechte Atmosphäre im Raum. Kommissar Redlich war auf die Mithilfe der Abteilung für Cybercrime angewiesen, doch Olaf Schwamborn entsprach überhaupt nicht den strengen Erwartungen, die der Kommissar an einen Ermittler hatte. Olaf wirkte wie ein pubertierender Nerd aus der Uni. Mit echter Polizeiarbeit hatte das seiner Meinung nach alles überhaupt nichts mehr zu tun.

»Echt harte Nuss«, sagte Olaf Schwamborn. »Da muss wohl ein ausländischer Proxy-Server mit IP-Changer vorgeschaltet worden sein. Die Spuren lassen sich leider nicht mehr zurückverfolgen und verlieren sich im Meer aus unzähligen IP-Adressen.«

»Genau meine Meinung, der ganze Technikkram bringt uns in dem Fall kein Stück weiter«, sagte Kommissar Redlich leicht abfällig. Dann klopfte er Olaf auf die Schulter.

»Netter Versuch, mein Guter. Aber die großen Fälle erfordern wohl noch immer echte Polizeiarbeit auf der Straße. Los komm Anna, wir schauen uns noch mal die DNA-Spuren vom Tatort an.«

Anna zuckte mit den Schultern. Sie warf Olaf einen entschuldigenden Blick zu und folgte Kommissar Redlich nach draußen. Da gab es eine Sache, die sie übersehen hatten. So einfach der Fall auch schien, so merkwürdig war die Tatsache, dass der Angreifer alles tat, um seine Spuren zu verwischen. Anna schaute nachdenklich.

»Was ist los?«, fragte Kommissar Redlich.

»Die Sache mit dem ausländischen Proxy-Server und dem IP-Changer«, erwiderte Anna. »Warum sollte der Absender seine Anonymität wahren wollen, wenn er das Opfer kannte?«

»Mensch Anna, das Versenden von Bildern ist noch keine Straftat. Und ein Seitensprung übrigens auch nicht. Vielleicht wollte der Kerl einfach nur seine Ruhe haben. Schließlich hatte er ein Verhältnis mit dem Opfer. Wir haben ein Geständnis und eine heiße Spur. Wenn die DNA der Blutspuren vom Tatort tatsächlich mit der DNA des Lebensgefährten übereinstimmt, dann ist der Fall gelöst.«

Kapitel 9

Es war ein verregneter Dienstagabend, an dem sich Laura für ihr erstes Date mit Luzius hübsch machte. Sie saß vor dem Spiegel und legte eine dicke Schicht Make-up auf. Nebenbei lief die neueste Popmusik im Radio. Vor ihr lag das entsperrte Smartphone mit geöffnetem Chatfenster. Abwechselnd bearbeitete sie ihre Haare, dann ihre Wimpern, um kurz darauf wieder Sprachnachrichten an ihre beste Freundin zu versenden, die viel zu weit weg wohnte. Sie tauschten sich intensiv über das bevorstehende Date aus. Und Luzius hörte ebenfalls zu.

Gegen kurz nach neunzehn Uhr verließ sie ihre kleine Altbauwohnung. Anstatt die U-Bahn zu nehmen, wo sich um diese Uhrzeit bereits dunkle Gestalten herumtrieben, rief sie sich ein Taxi. Das nötige Kleingeld hatte sie zum Glück parat und der Taxifahrer war so nett, ihr die Tür aufzuhalten, als sie vor dem Chagall an der Friedrichstraße ausgestiegen war. Unter Herzklopfen betrat sie das Café. Doch Luzius war offensichtlich noch nicht da. Etwas enttäuscht suchte sie sich einen freien Platz. Die Kellnerin kam zum Tisch und Laura sagte, dass sie noch jemanden erwarten würde. Trotzdem bestellte sie sich schon mal ein Glas Rotwein, um die Aufregung zu dämpfen. Es war bereits kurz nach halb Acht und Luzius brauchte nun wirklich ein paar triftige Gründe, um seine Verspätung zu erklären. Als sie das erste Weinglas fast geleert hatte, trudelte plötzlich eine Nachricht ein. Laura hatte eine schlimme Vorahnung, sie hatte die Befürchtung, dass er absagen würde. Deshalb zögerte sie einen Augenblick, bevor sie auf ihr Handy schaute. Tatsächlich war es Luzius und seine Nachricht klang ziemlich geheimnisvoll.

»Trink schon mal ein Glas für mich mit, ich habe eine Überraschung für dich …«

Lauras Herz schlug schneller, als sie die Nachricht las. Er hatte bestimmt seine Gründe und Laura freute sich auf die Überraschung. Sie hatte in ihrem Leben bereits genug Langweiler kennengelernt, die ihr wie triefende Köter nacheiferten. Doch nun war sie diejenige, die Aufregung verspürte, wenn dieser geheimnisvolle Kerl sich meldete. Sie überlegte sich eine passende Antwort, hielt es dann aber für besser, mit einem Daumen nach oben zu antworten. Dadurch würde Luzius zumindest denken, dass ihr Herz schwer zu erobern war und er es nicht übertreiben sollte. Innerlich hoffte sie darauf, dass die Überraschung etwas ganz Besonderes sein würde und kein langweiliger Blumenstrauß war, den Luzius in das Chagall tragen würde. Und so dauerte es keine fünf Minuten, da bestellte sie ein zweites Glas Wein, so wie Luzius es ihr empfohlen hatte.

Laura nippte am Weinglas, ein zarter Schimmer ihres dunkelroten Lippenstifts blieb am Gefäßrand kleben. Sie schwenkte das Glas und der Inhalt verdrehte ihr den Kopf. Auf einmal wurde sie ganz müde und schläfrig, sie schaute auf ihr leuchtendes Display, direkt hinein in die kleine Linse der Frontkamera. Dann fasste Luzius die Entscheidung, es endlich zu tun. Er hatte diesen Moment minutiös durchgeplant und bereits alles vorbereitet. Wenige Sekunden später trudelte eine Kurznachricht auf Lauras Handy ein.

»Du kannst so langsam nach draußen kommen, die Überraschung wartet vor dem Café Chagall auf dich. Gruß Luzius :)«

Lauras Herzschlag beschleunigte sich, sie ging zur Barfrau und drückte ihr einen Fünfziger in die Hand. »Stimmt so …«, sagte sie leicht angetrunken. Dabei hatte sie gerade Mal zwei Gläser Wein intus. Scheinbar vertrug ihr zierlicher Körper kaum noch Alkohol. Unter der Woche trank sie keinen Tropfen mehr, seit sie den neuen Job beim Öl- und Gas-Konzerns begonnen hatte. Aufgeregt verließ sie das Lokal. Vor dem Chagall stand ein luxuriöser SUV in schwarz mit getönten Scheiben. Einige Tage zuvor hatte sich Laura im Internet auf einer Seite nach einem neuen Auto umgeschaut. Ihr Arbeitgeber hatte sie gleich am ersten Tag darum gebeten, sich ein angemessenes Dienstfahrzeug auszusuchen. Schließlich sollte sie auch als Beraterin im Außendienst eingesetzt werden, um Lobbyarbeit zu betreiben. Diesen kleinen Ausblick hatte man ihr bereits bei den Vertragsverhandlungen versprochen. Dass jetzt genau ein solcher SUV vor dem Café stand, machte sie erst recht neugierig. Aufgetakelt tippelte sie in Stöckelschuhen zur Fahrertür heran. Sie hatte keinerlei Zweifel, das musste Luzius sein und er wollte sie offenbar überraschen. Ihr Herz pochte lautstark, als Luzius die getönte Scheibe herunterließ. Er sah hinreißend aus und trug eine extravagante Sonnenbrille von Moncler.

»Hallo Laura, kleine Spritztour gefällig?«

»Wollen wir nicht erst etwas trinken?«, fragte Laura leicht verunsichert. Offenbar kamen ihr nun doch Zweifel. Luzius lächelte und griff ins Handschuhfach, um eine Flasche vom besten Champagner herauszuholen, den die Stadt zu bieten hatte. Sofort leuchteten Lauras Augen. Sie trank zwar kaum noch Alkohol, aber wenn sie trank, dann am liebsten Champagner oder Rotwein. Wie hatte Luzius nur gewusst, dass sie diese Sorte abgöttisch liebte? In diesem kurzen Augenblick erschien ihr die Welt perfekt. Sie war kerngesund und lebte in einer wunderschönen Altbauwohnung in einer der sichersten Städte der Welt. Wäre das nicht schon genug, so hatte sie auch noch einen wunderbaren Job mit richtig guter Bezahlung ergattert. Und nun saß auch noch ihr zukünftiger Traummann mit einer Flasche ihres Lieblings-Champagners *Moët Impérial* in einem schicken SUV, um sie abzuholen.

»Oh Luzius, wie süß du bist. Kannst du mich bitte kurz kneifen?«

Luzius berührte zärtlich ihren Arm, um ihr zu beweisen, dass sie nicht träumte. Dann nickte er ihr liebevoll zu und Laura stieg wie ein naives Küken in den schwarzen Wagen.

Kapitel 10

Im Institut flackerte das grelle Neonlicht von den Deckenleuchten. Anna wollte den Abgleich der DNA schnellstmöglich im Labor durchführen. Dazu musste sie nur noch die Haarprobe des Verdächtigen aufbereiten, um sie mit den Blutspuren auf der Jacke des Opfers vergleichen zu können. Hierzu isolierte sie zuerst die DNA mit einem speziellen Extraktions-Kit unter der Sicherheitswerkbank. Da die extrahierte Menge an DNA zu gering für einen Abgleich war, musste Anna die DNA mittels PCR vervielfältigen. Hierfür pipettierte sie einen Mix aus biochemischen Agenzien zusammen.

Während der Mix einige Stunden im Cycler inkubierte und dadurch neue DNA-Kopien erzeugt wurden, konnte Anna eine kurze Inventur im Labor machen. Es fehlte Puffer für die anschließende Gelelektrophorese. Also setzte Anna den fehlenden Puffer an. Es war bereits spät am Abend und sie machte wieder Überstunden im Labor. Doch nur so konnte sie den Vorgang beschleunigen. Spätestens am nächsten Tag würde das Labor wieder von Technischen Assistentinnen und Laboranten wimmeln, die lieber miteinander quasselten und den Probenstau der letzten Wochen aufarbeiteten, anstatt eine neue Probe unter Hochdruck zu bearbeiten.

In der ersten Geltasche war die amplifizierte DNA der Blutspuren vom Tatort aufgetragen. In der zweiten Geltasche hingegen die amplifizierte DNA vom Haar des Verdächtigen. In beiden Proben befanden sich verräterische Wiederholungen, sogenannte STRs. Diese Marker waren individuell einer bestimmten Person zuzuordnen. Auch Verwandtschaftsverhältnisse ließen sich so aufklären. Gespannt zog sich Anna die blauen Nitrilhandschuhe über. Dann stöpselte sie die beiden Elektroden ab, um das labbrige Gel zu entnehmen. Auf den ersten Blick konnte sie nichts erkennen, erst in einer speziellen Kammer mit UV-Licht und Kamera regte Anna die DNA-Marker zum Leuchten an. Sie war nicht besonders überrascht, als sie kurz darauf feststellte, dass beide DNA-Proben von der gleichen Person stammten. Sie dokumentierte den Befund mit einem Foto, dann räumte sie gewissenhaft das Labor auf, um kurz nach dreiundzwanzig Uhr einen Bericht zu schreiben. Damit war der Täter eindeutig überführt. Sowohl sein Geständnis, wie auch die Blutspuren auf der Jacke des Opfers passten zu seiner Aussage.

»Puh, wieder einen Fall gelöst«, murmelte Anna in sich hinein. Die Sache mit den Bildern hielt Anna für eine simple Ausrede. Wenn selbst Schwamborn keinen Zugriff auf die Daten hatte, konnte man den Fall wohl getrost zu den Akten legen. Anna schickte den Bericht kurz vor Mitternacht per Mail ab, dann verließ sie zufrieden das Institut.

Kapitel 11

Der Regen prasselte auf die Windschutzscheibe des schwarzen SUVs, in dem Laura saß. Luzius hatte sie in eines der edelsten Restaurants der Stadt zum Essen ausgeführt. Es gab Austern und Kaviar vom Beluga-Stör aus Russland. Nun genossen sie ein Glas vom edlen Champagner im Auto.

»Du magst Austern und Kaviar«, sagte er. Laura nickte, sie war nun leicht betrunken und voller Lust. Sie hoffte, dass er sie bald küssen würde. Ihr Abendkleid hatte sie bereits etwas gelockert und so verrückt, dass der Ausschnitt ihrer beiden wohlgeformten Brüste zum Vorschein kam. Alles schien perfekt. Noch nie zuvor hatte ein Mann sie so überrascht. Als sie ins Café Chagall gekommen war und alleine am Tisch saß, da kamen ihr kurz Zweifel. Sie dachte, dass sie wieder so einen feigen Langweiler kennengelernt hatte, der sich nichts traute und kurz vor dem geplanten Treffen absagte. Doch als sie dann diese Nachricht bekam, setzte Bauchkribbeln bei ihr ein. Laura war eine dieser Frauen, die man beeindrucken musste. Laura gab sich nicht mit einem normalen Mann zufrieden, schon gar nicht mit dem Zweitbesten. Sie war nicht Single, weil es ihr an Verehrern mangelte; sie war einfach nur zu anspruchsvoll. Sie brauchte keinen Kerl, der für sie sorgte. Sie stand selbst auf eigenen Beinen und verfügte durch ihren neuen Job über ein solides Einkommen, mit dem sie jeden Verlierer durchfüttern konnte. Doch so jemand wie Luzius überraschte sie, er brachte ihr Herz spürbar zum Beben. Bestimmt hatte er selbst große Lust auf sie, sonst hätte er keine dreihundert Euro in bar für das Abendessen bezahlt. Doch Laura war zu schüchtern, um den ersten Schritt zu wagen. Bereits auf der Damentoilette hatte sie ihren Slip ausgezogen, schließlich wusste sie nicht, wie der Abend enden würde. Und genau deshalb war sie auch so erregt. Er ahnte es und schaute oft nach unten auf ihre Beine, wenn sie sich kurz wegdrehte und so tat, als würde sie wildfremde Menschen auf dem Gehweg beobachten.

»Tust du mir bitte einen kleinen Gefallen, Laura? Würdest du bitte diese Augenklappe für mich anlegen?«

Er tat es wieder. Dieser geheimnisvolle Mann überraschte sie ein weiteres Mal. Der Alkohol in Lauras Körper und die Erregung führten dazu, dass sie ihm blind vertraute. Dabei hatte sie ihn doch noch gar nicht richtig kennengelernt. Trotzdem zögerte sie keinen Augenblick. Wie eine devote Spielfigur legte sie die schwarze Augenklappe an. Er startete den Motor und fuhr los.

»Was hast du vor?«, fragte Laura neugierig.

»Ich möchte dir etwas Wundervolles zeigen«, sagte er. »Das gehört zu meiner Überraschung.«

»Ich bin gespannt, doch wozu die Augenklappe?«

»Weißt du Laura, wir Menschen lieben schöne Dinge. Es sollte immer nur das Beste vom Besten sein. Jeder von uns ist ein ganz besonderes Geschenk und jeder von uns verdient das größtmögliche Glück dieser Welt. Was bedeutet Glück für dich, Laura?«

»Das hier …«, sagte sie. »Solche Momente voller Überraschungen und das tolle Ambiente, wenn wir zusammen ausgehen …«, sagte sie.

»Du meinst also diesen materiellen Wohlstand. Schöne Autos, Austern, Kaviar und Champagner?«, fragte Luzius.

»Das auch«, erwiderte sie. »Aber viel mehr geht es mir darum, einen Menschen wie dich an meiner Seite zu haben. Jemanden, der mich wirklich versteht und dem ich vertrauen kann.«

»Ich bin mir nicht sicher, ob du den richtigen Traum hast. Dein toller Job in der Öl-Branche mag auf den ersten Blick ein Glücksgriff sein, schließlich ermöglicht er dir finanzielle Freiheit. Doch auf wessen Schultern gründet dein Wohlstand?«

Irritiert nahm Laura die Augenklappe ab. Ihre anfängliche Lust war mittlerweile verflogen. So genau hatte sie nie darüber nachgedacht. Zu groß waren die Verlockungen, sich tolle Dinge vom hart erarbeiteten Geld zu kaufen.

»Was meinst du?«, fragte Laura irritiert.

»Ich werde dich an einen Ort führen, der dich näher an die Wahrheit bringen wird. Bitte setz jetzt wieder deine Augenklappe auf, Laura!«

Im letzten Satz schwang ein unheimlicher Unterton mit. Laura war sich nicht mehr sicher, was Luzius mit ihr vorhatte.

»Mir fällt gerade ein, dass ich morgen früh ein sehr wichtiges Meeting in der Firma habe. Bitte fahr mich jetzt nach Hause«, flehte sie.

»Das geht leider nicht, Laura …«

Laura begriff allmählich, dass sie eine Dummheit begangen hatte. Sie war in das Auto eines wildfremden Mannes eingestiegen, den sie kurz zuvor in der U-Bahn kennengelernt hatte. Sie wusste nichts über ihn. Den ganzen Abend lang hatte sie nur von sich erzählt. Von ihrem tollen Job, ihrer alten Heimat, die neue Altbauwohnung und davon, dass sie niemanden in der Stadt kannte und sie sich deshalb oft einsam fühlte. Er hatte stets neugierig getan und sie geschickt in immer neue Gespräche verwickelt, sodass Laura ihm alles auf einem Silbertablett servierte. Doch nun kippte die Stimmung und sie verspürte einen Kloß im Hals. Es war dieses plötzliche Kippen einer entspannten Stimmung, hin zu einer bedrohlichen Situation, was Lauras Herzschlag stolpern ließ.

»Du kannst mich auch gerne hier rauslassen, dann gehe ich den Rest zu Fuß«, sagte sie. Doch er blieb stumm. Nach einer gefühlten Ewigkeit kamen sie an einem alten Heizkraftwerk vorbei. Laura hatte die Orientierung verloren, schließlich kannte sie sich in Berlin kaum aus.

»Das ist nicht nötig«, sagte er. »Wir sind schon da.«

Laura schaute auf die alten Schornsteine der verlassenen Fabrikhallen. Sie bekam feuchte Hände. Als Luzius – oder wie auch immer er hieß – den Autoschlüssel umdrehte und das Licht im Fahrzeuginnenraum erstrahlte, da griff Laura zur Türklinke. Doch er hatte die Tür bereits elektronisch verriegelt.

»Bitte lass mich raus«, flehte sie. Luzius reagierte nicht. Stattdessen zog er sich zwei Latexhandschuhe über. Dann stieg er aus dem Fahrzeug und ging hinüber zum Heizkraftwerk. Laura hämmerte gegen die Scheiben, doch das genügte nicht. Panisch suchte sie im Auto nach einem harten Gegenstand, mit dem sie die Scheiben einschlagen konnte. Aber der einzige Gegenstand war die leere Champagnerflasche, die er bereits im Kofferraum verstaut hatte, so als hätte er bereits gewusst, dass Laura schon sehr bald danach suchen würde. Laura kamen die Tränen. Sie wollte unbedingt wieder zurück in ihre kleine Wohnung.

Der Typ war ihr jetzt egal, sie würde schon einen anderen Kerl finden, der weniger verrückte Sachen mit ihr unternahm. Nach einigen Minuten kam er zurück zum Auto, doch er ging zunächst zum Kofferraum, aus dem er ein Stofftuch und Kabelbinder hervorkramte. Nichts ahnend schaute Laura nach hinten. Dann plötzlich riss er die Fahrertür auf und noch bevor Laura einen Hilfeschrei ausstoßen konnte, hatte sie einen Knebel im Mund. Mit dem Kabelbinder fixierte er ihre beiden Hände hinter dem Rücken. Anschließend packte er sie an den Haaren, um sie in das alte Gemäuer zu zerren.

»Du musst dich jetzt nicht mehr wehren, Laura. Es ist bereits alles vorbereitet. Schon sehr bald wirst du die Wahrheit erkennen. Das hier ist alles sehr viel größer, Laura. Sehr viel größer, als deine eigene Existenz«, sagte er.

Laura wollte schreien und mit beiden Armen um sich schlagen, doch er hatte sie fest im Griff. Er zog sie durch die dunklen Gänge. Das verlassene Heizkraftwerk lag abgeschottet von Wohnsiedlungen auf einem privaten Gelände.

»Du fragst dich vielleicht, warum ich ausgerechnet diesen Ort hier für dich ausgewählt habe …«, sagte er. »… nun, dieses Heizkraftwerk war jahrzehntelang in Betrieb. Unmengen an Gas und Heizöl wurden über die Jahre in diesem Gebäude verbrannt. Die Räume und Leitungen erschienen mir geradezu ideal, meinen Plan in die Tat umzusetzen.«

Auf seinen letzten Satz folgte ein ungeheuerliches Lachen. Laura schüttelte sich. Noch nie zuvor im Leben hatte sie eine solch fürchterliche Angst empfunden. Er führte sie in einen grellen Raum mit hohen Decken, überall waren leuchtende Neonröhren und Kameras angebracht. Auf dem Boden lag eine Matratze. Daneben stand eine kleine Plastikflasche mit Wasser und ein elektronisches Tablet. Das große Thermometer an der Wand mit seinen Digitalziffern verharrte konstant bei angenehmen fünfundzwanzig Grad Celsius. Auch eine der vielen Kameras fixierte diesen Punkt, sodass man die Temperaturentwicklung praktisch in Echtzeit verfolgen konnte. Laura schaute sich schreckhaft um, als er sie in den Raum brachte. Er entfernte mit einer Kneifzange ihre Fesseln und befreite sie vom Knebel. Sofort stieß Laura einen lauten Hilfeschrei aus.

»Schrei ruhig so laut du kannst, Laura«, sagte er. »Damit dich jeder da draußen hören kann, wenn das Blut in deinen Adern zu kochen beginnt.«

Kapitel 12

Am darauffolgenden Tag ploppte plötzlich eine Nachricht auf Kommissar Redlichs Diensthandy auf. Zur gleichen Zeit bekamen auch die Presseabteilungen der reichweitenstärksten Online-Magazine diese Meldung. Selbst in den Postfächern von Millionen geleakter Mail-Accounts landete der Text:

»Der massive Verbrauch fossiler Energieträger hat jahrzehntelang dazu beigetragen, dass sich unsere Atmosphäre immer schneller aufheizt. Der menschliche Körper toleriert nur ein gewisses Temperaturmaximum. Kann die Körpertemperatur nicht mehr ausreichend durch Schwitzen heruntergekühlt werden, denaturieren Proteine und lebensnotwendige Enzyme. Man kann diesen Prozess auch beobachten, wenn man ein rohes Spiegelei in der Bratpfanne erhitzt. Der Organismus kollabiert, sobald die Kühlgrenztemperatur überschritten wird. Dies geschieht in einigen Teilen der Welt bereits in einem ungewöhnlich beängstigenden Ausmaß. Meine Aufgabe besteht gewissermaßen darin, die Menschheit eindrucksvoll vor diesem Schicksal zu bewahren. Dazu habe ich ein kleines Experiment vorbereitet. Wenn Sie auf den nachfolgenden Link klicken, sehen Sie Live-Aufnahmen von einer Versuchsteilnehmerin, die sich in einem abgeschotteten Raum befindet. Ein spezielles Regelungsprotokoll wird die Temperatur in dem Raum pro Stunde um einen Grad Celsius ansteigen lassen. Was glauben Sie, ab welcher Temperatur wird der menschliche Körper versagen?«

Irritiert überflog Kommissar Redlich die Mail. Sie war in seinem Spam-Ordner gelandet und für gewöhnlich löschte er solche Nachrichten mit unbekanntem Absender innerhalb weniger Sekunden. Doch in dem Text stand offenbar eine Botschaft, die Kommissar Redlich neugierig machte. Aus Unwissenheit und vielleicht auch aus Naivität öffnete Johannes Redlich den Link. Es dauerte nicht lange, da schaute er Laura per Webcam direkt in die Augen. Mit einem weiteren Klick schaltete er den Ton an. Das Mädchen in dem Video schrie um Hilfe. Kommissar Redlich hatte Schwierigkeiten, die Echtheit der Aufnahmen zu verifizieren. Handelte es sich nur um einen Trick? Schließlich konnte man heutzutage schnell behaupten, dass man *live* war. Doch das Mädchen in dem Video schien mit irgendjemanden zu kommunizieren. Sie las die Chatnachrichten unzähliger Zuschauer auf dem Tablet, das neben der Matratze lag. Eine weitere Person im Raum war nicht zu erkennen, offenbar hatte man sie darin eingesperrt. Auch Kommissar Redlich entdeckte nun am Rande des Live-Streams die Möglichkeit, mit ihr zu kommunizieren. Er tippte eine Frage ein.

»Hier ist die Kriminalpolizei von Berlin. Wer bist du? Kannst du den Raum verlassen? Hat man dich dort eingesperrt?«

Kommissar Redlich wartete einen Moment, dann sah er dabei zu, wie das Mädchen in dem Raum ganz aufgeregt in die Kamera schaute.

»Ich heiße Laura Delacour. Ich arbeite für *Gazneft*. Er … er sagte sein Name wäre Luzius … er hat mich hier eingesperrt. Bitte helfen Sie mir! Bitte holen Sie mich hier raus!«

Plötzlich veränderte sich das Ziffernblatt am digitalen Thermometer. Jeder Zuschauer konnte mitansehen, wie die Temperatur von zweiunddreißig auf dreiunddreißig Grad Celsius sprang. Laura lockerte ihr Kleid, erste kleine Schweißperlen tropften von ihrer Stirn. Die kleine Wasserflasche hatte sie bereits bis zur Hälfte ausgetrunken.

»Um Gottes Willen, warum schaltet das denn niemand ab?«, knurrte Johannes Redlich. »Wir holen Sie da umgehend raus!«, antwortete er kurz per Chatnachricht. Dann schnappte er sich seine Jacke und eilte hinüber zu Olaf Schwamborn, der bereits vor einigen Stunden darüber in Kenntnis gesetzt worden war. Als Kommissar Redlich das Büro von Schwamborn erreicht hatte, schaute er dabei zu, wie sich längst ein ganzes Ermittlerteam um den Fall kümmerte.

»Warum hat mich niemand informiert?«, fragte Kommissar Redlich in die Runde, die vorrangig aus Gestalten wie Olaf Schwamborn bestand, also aus unreifen Computerfreaks mit Hornbrillen und windschiefen Zähnen. Niemand beachtete Kommissar Redlich, alle Ermittler der neuen Abteilung für Cybersicherheit hatten sich zusammengerottet, um diesen bizarren Fall aufzuklären.

»Was wissen wir?«, hakte Redlich erneut nach. Nach einer gefühlten Ewigkeit schaute Olaf Schwamborn zum ersten Mal von seinem Bildschirm auf, hinüber zu Kommissar Redlich.

»Laura Delacour, sechsundzwanzig Jahre alt, ledig und wohnhaft in Berlin. Arbeitet seit kurzem für die multinationale Erdöl- und Erdgasfirma *Gazneft*. Befindet sich offenbar auf einem alten Fabrikgelände, vielleicht in einem stillgelegten Heizkraftwerk. Wir konnten den genauen Standort bisher leider noch nicht lokalisieren. Der Live-Stream basiert auf einem eigenen System mit unterschiedlichen Proxy-Servern und sie ahnen es ...«

»IP-Changern?«, ergänzte Kommissar Redlich.

»Korrekt. Der Stream wird von tausenden Rechnern gleichzeitig *gehostet*, offenbar allesamt infizierte Rechner, die extra dafür ausgewählt wurden. Wir haben bereits dreihundert Rechner extern abgeschaltet. Aber es kommen im Sekundentakt neue Rechner hinzu. Der Täter scheint sein Handwerk zu verstehen.«

»Sie wollen mir also erzählen, dass wir hilflos mitansehen müssen, wie die Kleine zerkocht?«, fragte Kommissar Redlich.

»Nicht nur das. Wir haben leider Hinweise darauf, dass der Täter seine Botschaft mitsamt Link bereits an tausende, wenn nicht gar hunderttausende geleakte Mail-Adressen versendet hat. Damit ist es praktisch unmöglich für uns, den Live-Stream abzuschalten. Es gibt sogar schon einige Leute da draußen, die das Ganze auf *Twitter*, *Instagram*, *YouTube*, *TikTok* und *Twitch* verbreiten und in den sozialen Medien teilen. Mit unseren personellen Ressourcen kommen wir dagegen kaum noch an.«, sagte Olaf Schwamborn irritiert.

»Wir müssen das Mädchen da irgendwie rausholen«, sagte Kommissar Redlich. Währenddessen stieg die Temperatur in dem Zimmer auf vierunddreißig

Grad Celsius.

»Noch können wir die Kleine retten, aber wir müssen uns beeilen!«

Kapitel 13

Laura hatte bereits ihre Schuhe ausgezogen. So langsam spürte sie die einsetzende Wärme der einströmenden Heißluft, die sich zum Glück noch recht trocken anfühlte. Wenn sie nach oben schaute, waren überall metallische Rohre zu erkennen. Die heiße Luft wurde permanent in den Raum geblasen, Laura konnte das Geräusch des Luftstroms kaum noch ertragen. Ihre Zunge fühlte sich trocken an, unentwegt bildete sich eine leichte Kruste an ihren Mundwinkeln. Sie nahm die Flasche und trank den Rest des Wassers aus.

Sie hatte bereits alle Wände ausführlich nach versteckten Fluchtwegen abgesucht, doch nirgendwo gab es eine Schwachstelle, durch die sie hätte entkommen können. Von ihren Zuschauern kamen verschiedene Hinweise zu möglichen Fluchtwegen. Das alles half jedoch nichts. Abwechselnd schrie sie verzweifelt um Hilfe, dann setzte sie sich wieder auf die Matratze und nahm das Tablet in die Hand. Sie tippte ihre Verzweiflung in den Chat, so wie er es die ganze Zeit über geplant hatte. Stündlich kamen immer neue Zuschauer aus aller Welt hinzu. Die Stunden vergingen wie im Flug und es wurde immer heißer. Mittlerweile stand das Thermometer schon bei knapp vierzig Grad Celsius und die Schweißperlen tropften von Lauras Stirn. Ihr Körper versuchte sich runter zu kühlen, doch ab einem gewissen Punkt versagte dieses System. Ihr Kreislauf rebellierte. Immer wieder atmete sie tief durch, sie riss ihre Kleider vom Leib und saß kurz darauf halbnackt auf der Matratze, was dazu führte, dass der halbe Chat ausflippte.

Immerhin wurden dadurch die verbreiteten Streams automatisch in den sozialen Netzwerken gesperrt. Der Algorithmus hatte offenbar Lauras Brüste und Nippel über Mustererkennung gefunden. Da der Live-Stream jedoch über ein eigenes System verfügte und von unzähligen infizierten Rechnern verbreitet wurde, sahen noch immer tausende Menschen aus der ganzen Welt zu.

Dann plötzlich blieb die Temperatur konstant und ein kurzes Video wurde eingespielt. Zu sehen war ein maskierter Kerl, der einen Text vortrug, während im Hintergrund der Fernseher lief und Bilder vom brennenden Wald abspielte:

»Laura ist nur ein kleines Zahnrädchen in einem

verbrecherischen System, das auch euer Blut schon bald zum Kochen bringen wird. Während die Wälder in der Arktis und in Brasilien brennen, wodurch Unmengen an zusätzlichem Kohlenstoffdioxid freigesetzt werden, arbeiten Menschen wie Laura daran, weiterhin auf Erdöl als Energiequelle zu setzen. Der Permafrostboden taut und das freigewordene Methan heizt die Atmosphäre noch schneller auf. Was ihr hier seht, ist ein kleiner Vorgeschmack auf die einsetzende Apokalypse, hervorgerufen durch unzählige Kippelemente. Also lehnt euch zurück und genießt den Anblick meiner eindrucksvollen Warnung. Genießt sie, solange ihr noch könnt!«

Kapitel 14

»Was für ein krankes Schwein«, sagte Kommissar Redlich zu Anna, die nun ebenfalls im IT-Büro von Olaf Schwamborn eingetroffen war und aufgeregt umherlief. Anna nickte. »Habt ihr sein letztes Video gesehen?«, fragte sie.

»Wir alle haben es gesehen«, ergänzte Olaf Schwamborn.

»Auch wenn seine Aussagen zum Klimawandel zutreffen, so hat er nicht annähernd das Recht, eine unschuldige Person zu gefährden«, sagte Kommissar Redlich.

»Vielleicht ist das Ganze auch nur eine große Marketing-Kampagne irgendeiner Umweltbewegung«, erwiderte ein Mitarbeiter aus dem Team von Olaf Schwamborn. Kommissar Redlich schüttelte ungläubig den Kopf. »Das Mädchen verspürt echte Angst, das kann ich aus der Ferne sehr gut beurteilen.«

Plötzlich schrie Olaf Schwamborn laut auf. »Ich habe die Standortdaten endlich geknackt, das Signal kommt aus einem alten Heizkraftwerk im Ostteil der Stadt.«

Mit einem Kopfnicken signalisierte Kommissar Redlich seinem Team, dass nun die Zeit gekommen war, ein SEK-Einsatzkommando loszuschicken. Es dauerte keine halbe Stunde, da traf das SEK-Team auf dem Parkplatz des Heizkraftwerks ein. Die schwer bewaffneten Polizisten prüften ihre Ausrüstung ein letztes Mal, kurz bevor sie aus dem Wagen sprangen und in das Gebäude stürmten. Die Raumpläne hatten sie bereits soweit studiert, dass sie genau wussten, wo sich Laura befinden musste. Als der erste SEK-Beamte die Tür eintrat, fiel plötzlich ein Schuss. Die Kugel traf den Beamten an der linken Schulter. Das Team zog sich sofort zurück und beriet sich erneut über die weitere Vorgehensweise.

»Der Täter ist offenbar schwer bewaffnet, wir brauchen umgehend Verstärkung.« Kurz nachdem der Funkspruch abgesetzt worden war, heulte ein lautes Sirenkreischen auf. Aus allen Winkeln der Stadt kamen blaue Polizeibusse zum Einsatzort gefahren. Sie blockierten sich gegenseitig und versperrten sogar den beiden Ermittlern Redlich und Montag den Zugang zum Gebäude.

»Verdammt, was sind das denn für Idioten?«, fluchte Kommissar Redlich, als er seinen schwarzen Dienstwagen durch das Blaulichtgewitter manövrierte und fragend zu Anna-Maria Montag schaute. Anna zuckte nur mit den Schultern, sie hatte sich bereits den weißen Overall übergezogen und einen Mundschutz angelegt. Um den Tatort nicht mit ihren eigenen DNA-Spuren zu verunreinigen, legte sie noch ein paar blaue Nitrilhandschuhe über. Dann schaute sie zu Kommissar Redlich und lachte.

»Solange unsere lieben Kolleginnen und Kollegen von der Streife nicht wild am Tatort umherspringen, bin ich eigentlich schon sehr zufrieden.«

Als die beiden Ermittler ausstiegen und ihre beiden Dienstausweise vorzeigten, rief auch schon Olaf Schwamborn vom Cyberabwehr-Zentrum an. Kommissar Redlich nahm den Hörer ab und schwieg. Olaf kam gleich zur Sache.

»Der Live-Stream ist nicht mehr abrufbar. Wir haben uns schon Sorgen gemacht. Also wie geht es dem Mädchen? Ist sie okay?«, fragte Olaf Schwamborn neugierig. Er hatte den Lautsprecher eingeschaltet, sodass seine gesamte Arbeitsgruppe mithören konnte. Unter seinen Mitarbeitern waren auch junge Computer-Spezialisten, die noch nie Geschlechtsverkehr hatten. Als sie Lauras halbnackten Körper im Live-Stream sahen, nahmen die Hormone überhand.

»Wir können noch nicht ins Gebäude, offenbar gibt es Probleme. Aber wir melden uns, sobald wir die Zielperson gesichert haben«, erwiderte Kommissar Redlich. Dann legte er auf und ging zum Leiter der SEK-Einheit.

»Wie ist die Lage?«

»Ein SEK-Beamter wurde bereits angeschossen. Wir mussten die Zugriffsaktion vorzeitig abbrechen.«

»Verdammt, dieses Schwein ist noch im Gebäude?«, fragte Kommissar Redlich den SEK-Einsatzleiter mit ausgestrecktem Zeigefinger. Der Einsatzleiter nickte.

»Wir dürfen keine Zeit verlieren, die Kleine sitzt in einem Backofen, der von Minute zu Minute heißer wird. Wir haben Glück, dass der Live-Stream bereits offline ist. Sonst hätten wir jetzt ein richtig großes Problem. Ich glaube nicht, dass jemand von euch anschließend dort drinnen aufräumen möchte. Das wird garantiert kein schöner Anblick werden. Also lasst mich die Sache regeln!«

Der SEK-Einsatzleiter schaute zu seinen bewaffneten Kollegen, die mit Schutzhelmen und Westen ausgerüstet waren. Dann verdrehte er die Augen.

»Sie wollen da ohne Schutzausrüstung rein? Meinetwegen. Aber ich übernehme nicht die Verantwortung, falls etwas schiefläuft und sie angeschossen werden.«

Kommissar Redlich klopfte sich auf die Brust und nickte. Unter seiner zivilen Polizei-Uniform trug er ebenfalls eine schusssichere Weste.

»Was für Schlappschwänze …«, brummelte er beim Betreten des Heizkraftwerks. Bevor er einen ersten Schritt ins Gebäude setzte, leuchtete er mit seiner Taschenlampe in den dunklen Gang hinein. Seine Kollegen vom SEK und LKA beobachteten das Geschehen aus sicherer Entfernung. Ein muffiger Gestank kroch Kommissar Redlich in die Nase. Der Lichtkegel der Taschenlampe erhellte die schmutzig-grauen Wände, ein kleines Blitzen am oberen Deckenrand, kurz hinter einem Abluftrohr, erforderte Redlichs volle Aufmerksamkeit.

»Ach du Scheiße«, fluchte er lautstark, ohne auch nur einen Millimeter vorzurücken. Stattdessen blieb er wie angewurzelt vor dem Eingang stehen. Vorsichtig richtete er seine Taschenlampe nach links und rechts. Sein Blick blieb an einem elektronischen Bauteil hängen, das offenbar erst nachträglich angebracht worden war.

»Das hier ist eine verfluchte Falle. Dieses Schwein hat eine verdammte Selbstschussanlage installiert«, brüllte Kommissar Redlich zu seinen Kollegen.

Kapitel 15

Luzius musste seinen Plan spontan ändern. Der Live-Stream wurde automatisch von nahezu allen großen Plattformen gesperrt, kurz nachdem einige nackte Hautstellen von Laura zu sehen waren. Kurz bevor er die Luftfeuchtigkeit erhöhen wollte und die Kühlgrenztemperatur des menschlichen Körpers damit überschritten wurde, was schließlich zum Kollaps führen sollte, war die Übertragung abgebrochen. Luzius fluchte lautstark. Er stoppte umgehend die Heizfunktion und die Temperatur blieb konstant bei fünfundvierzig Grad Celsius stehen. Ohne funktionierenden Live-Stream war sein Vorhaben nutzlos und nun reagierten auch noch die Sensoren auf dem Gelände, was bedeutete, dass die Polizei seinen Standort herausgefunden hatte.

Für genau solche Fälle hatte Luzius einen weiteren Fluchtwagen unter falscher Identität angemietet, nachdem der schwarze SUV unbrauchbar geworden war. Der weiße Transporter war in zwei Abteile getrennt. Vorne auf dem Fahrersitz saß Luzius, dahinter folgte ein Gitter, durch das er Laura beobachten konnte. Sie wimmerte und flehte, als er sie aus dem Raum geholt hatte. Dabei trug er eine Perücke, die mit blondem Frauenhaar bestückt war. Das LKA war längst auf dem Weg zu Ihnen. Noch bevor auch nur ein einziger Polizist das Gebäude betreten konnte, hatte er Laura mit dem weißen Transporter aus der Stadt gebracht. Lauras Körper war bereits so sehr dehydriert, dass ihre Lippen aufrissen. Sie hatte Unmengen an Wasser ausgeschwitzt und verspürte deshalb einen unbändigen Durst. Luzius schaute durch den Rückspiegel zu Laura, während er sich roten Lippenstift auftrug und seine Perücke richtete.

»Hat es Durst? Möchte es trinken?«, fragte Luzius im schrillen Tonfall. Er wirkte wie ausgewechselt. Seitdem er Laura aus dem Raum geholt hatte, war er ein komplett anderer Mensch. Dieser Luzius mit Perücke und Lippenstift hatte nichts mehr mit dem gutaussehenden Kerl vom letzten Abend zu tun. Er sprach sie auch nicht mehr direkt an, sondern benutzte nur noch das Wort »Es«.

»Bitte lass mich gehen, Luzius, bitte, ich flehe dich an …«, jammerte Laura. Dann hämmerte sie gegen das vergitterte Blech des Transporters.

»Luzie … mein Name ist Luzie … «, wiederholte Luzius mit schriller Frauenstimme. Von dem Kerl am Vorabend war nichts mehr geblieben, die charmante Art war komplett verflogen.

»Es hat Durst. Es hämmert, weil es Durst hat.«

»Was habe ich dir getan? Warum bist du so zu mir?«, flehte Laura.

Doch es half nichts. Luzius brabbelte nur vor sich her und kramte in einer vollen Einkaufstasche herum. Nach wenigen Sekunden holte er einen glänzenden Apfel hervor. Grinsend polierte er die saftig schimmernde Oberfläche mit Hilfe seines langen Frauenkleids, das er sich zuvor angezogen hatte. Er schaute in den Rückspiegel zu Laura.

»Es hat Hunger. Es kann einen Apfel essen. Einen schönen glänzenden Apfel.«

Kurz darauf setzte er den Blinker nach rechts. Sie hatten die Grenze zu Brandenburg in Richtung Norden bereits vor fünfundvierzig Minuten überquert. Luzius war von der Autobahn abgefahren und hatte eine der vielen weitläufigen Landstraßen benutzt. Irgendwo zwischen Neuruppin und Rheinsberg lag mitten im Wald eine Hütte, die er als Zufluchtsort für den Notfall von einem alten Schulfreund abgekauft hatte. Doch bevor er diese Hütte erreichen konnte, parkte er den Transporter am Straßenrand, um nach Laura zu sehen.

Mit dem Apfel in der Hand, stieg er aus dem Fahrzeug. Laura hatte seit Stunden nichts mehr gegessen oder getrunken. Durch ihren Aufenthalt im Heizkraftwerk waren ihre Lippen spröde und rissig. Als Luzius die hintere Kofferraumtür öffnete, hockte Laura verängstigt in einer Ecke. Mittlerweile war es kurz nach drei Uhr nachts und der Vollmond warf sein Licht in den Transporter hinein. Weit und breit waren keinerlei Lichter oder Fahrzeuge zu sehen. Nur endlos weite Felder und Baumreihen. Laura schaute auf die dunkle Silhouette einer großgewachsenen Gestalt im Mondschein. Die langen Haare der Perücke und die Umrisse vom Kleid wirkten wie die einer Frau. Es lag eine unheimliche Stimmung in der Luft. Die verstellte Stimme von Luzius erinnerte Laura daran, dass dieser Mensch unberechenbar war.

Luzius trat näher an Laura heran, er überreichte ihr den Apfel und schaute noch einen Augenblick dabei zu, wie sie wohl reagieren würde.

Laura tastete sich befremdlich an die unnatürlich wirkende Beschaffenheit des Apfels heran. Es dauerte keine fünf Sekunden, da wurde ihr klar, dass Luzius ihr einen Apfel aus Kunststoff gegeben hatte. So richtig verstand sie nicht, was er damit bezwecken wollte. Ohnehin verspürte sie eher Durst als Hunger und wäre die ganze Situation nicht so furchteinflößend gewesen, hätte sie darüber vielleicht sogar lachen können. Langsam begriff sie, dass dieser Apfel wohl nur die Spitze des Eisbergs war. Luzius verließ den Laderaum des Transporters und summte leise vor sich hin, bis auch Laura den Inhalt seiner Botschaft dunkel erahnen konnte.

Kapitel 16

»Wir brauchen umgehend ein Team von Technikern«, sagte Kommissar Redlich zu seinem Vorgesetzten am Telefon. »Unsere Leute können erst in das verdammte Gebäude, wenn diese Selbstschussanlage deinstalliert wurde.«

Sofort brach hektisches Gewusel vor dem Eingang

des Heizkraftwerks aus. Das SEK-Team blieb in Deckung. Nach fünfzehn Minuten kam ein schwarzer Transporter vorgefahren, aus dem drei Techniker des BKAs ausstiegen. Die Techniker trugen eine unauffällige Ziviluniform und der vorderste Mann, der einen Koffer mit Spezialequipment in der rechten Hand hielt, ließ einen ferngesteuerten Entschärfungswagen in das Gebäude fahren. Auf der Oberseite des Roboters war eine Kamera mit Wärmebild- und Nachtsicht-Funktion installiert. Anhand der Aufnahmen konnten die drei Techniker das ferngesteuerte Fahrzeug aus sicherer Entfernung unter der Lichtschranke hindurch manövrieren. Wirklich schwierig wurde der Einsatz erst, als sie einen Teleskop-artigen Greifarm ausfuhren, der hinauf zur scharfen Selbstschussvorrichtung führte. Letztendlich fehlten einige Zentimeter, was Kommissar Redlich bereits zuvor bemängelt hatte.

Nun saßen die Beamten in der Zwickmühle. Sie konnten das Heizkraftwerk nicht betreten und für die Entschärfung der Selbstschussanlage fehlten einige Zentimeter, die der Greifarm des Roboterfahrzeugs benötigt hätte, um das System zu entschärfen. »Sind hier eigentlich nur Anfänger?«, fragte Kommissar Redlich seine Kollegin Anna, die bereits die Nummer von Olaf Schwamborn gewählt hatte.

»Die Techniker vom BKA sind mit der Entschärfung der Selbstschussanlage überfordert …«, sagte Anna zu Olaf Schwamborn, der mit seinem Team von der Cybercrime-Abteilung beratend zur Seite stand. »Habt ihr vielleicht eine bessere Idee, als einen ferngesteuerten Roboter zur Entschärfung in das Gebäude zu schicken? Ist wirklich dringend, uns rennt die Zeit davon«, gab Anna zu bedenken.

Olaf Schwamborn nickte seinen Teammitgliedern zu. Er deutete auf die weiße Magnettafel. Sofort wussten alle aus seiner Arbeitsgruppe, dass nun Brainstorming angesagt war. Schon oft hatte Olaf Schwamborn mit dieser Methode kreative Lösungen für komplexe technische Probleme finden können. Es dauerte keine fünf Minuten, da klingelte erneut das Handy von Anna.

»Wir wissen zwar nicht genau, wo sich der Sensor befindet …«, sagte Olaf Schwamborn mit verunsicherter Stimme. »… aber ihr müsst den unsichtbaren Strahl unterbrechen, wenn ihr in das Gebäude reinwollt. Vielleicht hilft euch ein Spiegel. Schau doch mal in deine Handtasche nach, Anna!«

Anna bedankte sich und wühlte in ihrer Handtasche herum. Als sie einen kleinen Schminkspiegel darin fand, lachte sie kurz auf. Alle Polizisten und SEK-Beamten, sogar die drei Techniker schauten nun zu ihr.

»Wir müssen den Sensor der Lichtschranke finden und den Strahl reflektieren, dann können wir in das Gebäude …«, sagte sie zur versammelten Mannschaft. Die Techniker vom BKA fassten sich an den Kopf. Schließlich hätte dieser Einfall auch von ihnen stammen können. Entschlossen klebten sie Annas Schminkspiegel an den Teleskoparm des Roboters. Dann schalteten sie das Licht des Fahrzeugs ein, damit sie die dunkle Umgebung besser sehen konnten. Kommissar Redlich gab den Technikern noch den Tipp, dass sich der Sensor irgendwo auf der rechten Seite kurz hinter der Eingangstür befand.

»Moment …«, warnte einer der Techniker. »Wenn wir den Sensor finden und den Spiegel ausrichten, wird vermutlich ein Schuss abgegeben … also alle Mann in Deckung!«

Die Berliner Polizisten waren die ersten, die sich in Sicherheit brachten und in ihre gesicherten Mannschaftswagen huschten. Kurz darauf folgten die Einsatzkräfte vom SEK. Anna und Kommissar Redlich verfolgten das Geschehen hingegen in direkter Nähe zu den BKA-Leuten. Kommissar Redlich versuchte den Anwesenden zu beschreiben, was er beim Betreten des Eingangsbereiches gesehen hatte. Aufgrund der Dunkelheit schaltete einer der Techniker den

Nachtsichtmodus der Kamera ein und die störende Umgebungsbeleuchtung aus. Doch der grünflackernde Hintergrund des Nachtsicht-Modus überlagerte alle restlichen Signale, sodass es kaum möglich war, den Sensor zu entdecken. Anna traute sich erst nicht, ihre Idee laut auszusprechen. Doch anstatt weiter darüber nachzudenken, machte sie eine kleine Bemerkung.

»Also ich verstehe nicht wirklich viel von Technik, aber wäre es nicht sinnvoller, die Wärmebildkamera einzuschalten?«, fragte sie vorsichtig.

Erneut fassten sich die BKA-Techniker an den Kopf.

»Also bei diesem Modell müssen wir immer erst alle Kamera-Funktionen nach der SOP für schwierige Einsätze mit hohem Gefährdungspotential überprüfen …«

Anna verzog die Augenbrauen. Mit anderen Worten: »Wir wären auch selbst darauf gekommen, die Wärmebildfunktion einzuschalten, um elektrische Anlagen zu identifizieren, die mit einer Wärmeabgabe korrelieren.«

Es dauerte keine drei Minuten, da tauchte plötzlich ein gelbes Signal inmitten der blauen Umgebung auf dem Bildschirm der Kontroll- und Steuerungseinheit auf.

»Bingo …«, sagte einer der Techniker. Um den genauen Ort der Wärmequelle besser identifizieren zu können, wechselten sie in den Normalmodus mit Beleuchtung. Der Strahl kam aus einem kleinen Spalt, der sich inmitten der gut getarnten Anlage befand. Anschließend brachten sie den Roboterarm über die Steuerungseinheit vorsichtig in Richtung des kleinen Schlitzes. Als der Spiegel langsam in Richtung der Anlage und Strahlenquelle gelenkt wurde, knallte es lautstark. Offenbar hatten sie ihr Ziel erreicht und ein Schuss wurde abgegeben.

»Wenn der Strahl jetzt dauerhaft vom Spiegel reflektiert wird, können wir das Gebäude betreten«, sagte einer der drei Techniker. »Wer geht vor?«

Anna holte tief Luft. Kurz bevor sie sich freiwillig melden konnte, ergriff Kommissar Redlich das Wort. »Ich weiß genau, von welcher Stelle der Schuss ausgelöst wurde. Ich werde vorgehen.«

Kapitel 17

Mitten in der Nacht war Luzius mit seinem weißen Transporter am Zielort angekommen. Er parkte den Wagen an einem abgelegenen Forstweg. Die restlichen drei Kilometer wollte er mit Laura zu Fuß weitergehen. Schließlich hätten sie abgesperrte Forstwege benutzen und verschlossene Schranken aufbrechen müssen, um mit dem Transporter zu der abgelegenen Waldhütte zu gelangen, die Luzius für seinen großen Plan ausgesucht hatte.

»Es soll die schöne Waldluft riechen«, flüsterte er im gespenstischen Ton zu Laura. Sie zitterte am ganzen Körper, dabei war es nicht die Kälte der Nacht, die sie kaum durchatmen ließ.

»Wo bringst du mich hin, Luzius? Was hast du mit mir vor?«, jammerte Laura.

»Ich heiße Luzie, es soll mich Luzie nennen!«, keifte Luzius bockig zurück. Seine schrille Frauenstimme ließ Vogelschwärme am Nachthimmel aufsteigen. Das Kreischen der Vögel war das letzte Geräusch, das Laura noch wahrnehmen konnte, bevor sie sich übergab. Neben dem säuerlich-bitteren Beigeschmack blieben auch kleine Partikel zwischen ihren Zähnen hängen. Sie pulte die unverdaulichen Fremdkörper aus ihrem Mund. Luzius beobachtete sie dabei.

»Nicht nur der Apfel war aus Plastik. Wer die Weltmeere verschmutzt, soll den Schmerz des Unverdaulichen zu spüren bekommen«, sagte Luzius belehrend.

So langsam dämmerte Laura, was Luzius meinte.

»Warum ausgerechnet ich?«, schluchzte sie.

»Sind wir nicht alle schuld an der Verschmutzung der Weltmeere?«

»Es soll keine Fragen stellen, es soll dem verdammten Weg folgen …«

Luzius packte Laura am Schopf und zog sie über den feuchten Waldboden. Sie schrie, doch Luzius ließ nicht von ihr ab. Er hatte seinen Plan schon soweit ausgearbeitet, dass eine Umkehr nicht mehr möglich war. Lauras schlimmste Angst war der komplette Kontrollverlust. Als man sie damals während ihrer Kindheit versehentlich einsperrte, in diesen kleinen stickigen Raum, da hatte sich ein böses Trauma in ihr verfestigt. An diesem Tag hatte sie verlernt, Kontrolle abzugeben. Doch nun war sie Luzius hilflos ausgeliefert. Er achtete nicht mehr auf ihre Bedürfnisse, so wie am Abend zuvor, als er noch der charmante

Gentleman war, der ihr jeden Wunsch von den Lippen ablas.

Nach der schmerzhaften Gängelei tat Laura alles, was Luzius von ihr verlangte. Sie erreichten die abgelegene Waldhütte einige Minuten später. Ringsherum war dichter Nadelwald, der auch forstwirtschaftlich genutzt wurde. Einige der umliegenden Bäume waren krank, sogar im Mondschein konnte man die braunen, abgestorbenen Baumkronen sehen. Luzius blieb vor dem Eingang der Hütte stehen. Er starrte auf die kahlen Stellen einer einst mächtigen Kiefer. Laura traute sich nicht von der Stelle. Nach einer gefühlten Ewigkeit packte sie Luzius erneut am Schopf. Dann zog er sie zur toten Kiefer und presste ihre rechte Wange gegen das morsche Holz. Laura schluchzte, als das trockene Geäst gegen ihre Gesichtshaut drückte.

»Es soll den Schmerz des Baumes spüren. Weil der Regen fehlte und die Trockenheit ihn schwächte, kamen gefräßige Borkenkäfer, um sich an seiner süßen Rinde zu laben. Schon sehr bald wird es selbst vom gefräßigen Parasiten verzehrt werden, genau wie die Borke meines armen Freundes.«

Laura stieß erneut einen gequälten Schmerzschrei aus, der in der lauen Nachtluft unerhört verhallte.

Kapitel 18

Polizeikommissar Johannes Redlich betrat das dunkle Heizkraftwerk. In seiner linken Hand hielt er die schwarze Taschenlampe, deren heller Lichtkegel nach vorne zeigte. Mit der rechten Hand umklammerte er seine Pistole. Nach dem ersten Schritt konnte er kurz aufatmen. Offenbar hatte die Deaktivierung der Selbstschussanlage funktioniert. Zumindest an dieser Stelle fiel kein Schuss, doch Kommissar Redlich wusste nicht, was ihn noch alles erwartete.

»Laura, bist du hier irgendwo? Ich bin von der Polizei, also keine Sorge, wir holen dich hier raus ...«

Nachdem Kommissar Redlich seinen Satz beendet hatte, bleib er kurz stehen, um auf eine Reaktion zu warten. Doch er hörte nichts außer den Luftstrom über ihn. Intuitiv folgte er diesem Geräusch, immer weiter hinein in das dunkle Gebäude, bis er zu einer Tür kam, die aus massivem Stahl war. Entschlossen klopfte er mit der Faust gegen die Stahlplatte.

»Laura, hörst du mich? Ich komme jetzt rein, verstanden?«

Kommissar Redlich gab vorsichtshalber einen Funkspruch ab. »Betrete jetzt den Raum, in dem sich die

Zielperson befindet …«

Doch als er die Tür öffnete und sich umsah, waren bereits alle Spuren beseitigt worden. Die Kameras an der Decke fehlten ebenso wie das Tablet. Nur die Matratze lag noch in jener Ecke, in der er Laura zuletzt im Live-Stream gesehen hatte. Enttäuscht gab er erneut einen Funkspruch ab.

»Die Zielperson befindet sich nicht mehr in dem Gebäude, ich wiederhole, die Zielperson befindet sich nicht mehr in dem Gebäude …«

Kurz darauf stürmten weitere Beamte das alte Heizkraftwerk. Anna-Maria Montag schaffte es gerade noch rechtzeitig, vor ihren Kolleginnen und Kollegen am Tatort zu sein.

»Die Matratze, Johannes … halt mir bitte die Kollegen vom Hals, damit ich den Tatort sichern kann!«

Mit verschränkten Armen stellte sich Kommissar Redlich vor die Tür und als dann endlich Annas Kollegen von der Spurensicherung erschienen, versperrte er ihnen demonstrativ den Zugang.

»Was soll das Herr Kommissar?«, fragte ein BKA-Beamter.

»Frau Doktor Montag vom Kriminaltechnischen Institut des LKA untersucht gerade den Tatort, bitte geben Sie ihr ein paar Minuten!«

»Sie wissen wohl nicht, wer hier gerade vor Ihnen steht, was?«, erwiderte der BKA-Beamte. Johannes Redlich lächelte und zuckte mit den Schultern, so als wolle er es darauf ankommen lassen. Es dauerte keine zehn Sekunden, da schaltete sich der Einsatzleiter vom SEK ein.

»Wir haben hier schon genug Schwierigkeiten. Geben wir Frau Doktor Montag einen Augenblick Zeit, sie hat ein gutes Gespür für Details.«

»Wollen Sie uns also unterstellen, dass wir kein Gespür mehr für Details besitzen? Dass Frau Montag vom Landeskriminalamt im forensischen Bereich kompetenter ist als wir von der Bundesbehörde?«

»Immerhin hatte Herr Kommissar Redlich den Mut, das Gebäude als erster zu betreten, obwohl unklar war, welche Fallen zwischen den Gängen auf ihn lauern würden. Einer unserer SEK-Beamten wurden bereits verletzt. Wir sollten unsere Streitigkeiten beilegen und miteinander kooperieren. Der Täter rennt noch immer draußen rum. Also reißt euch bitte zusammen!«

Kommissar Redlich dankte dem SEK-Einsatzleiter, nachdem die BKA-Leute beleidigt abdrehten und so taten, als würden sie ein wichtiges Telefonat führen. Anna sicherte derweil alle relevanten Spuren. Sie trug blaue Nitrilhandschuhe, einen weißen Overall und Mundschutz, um keine fremden DNA-Spuren einzuschleppen. Akribisch begutachtete sie jeden kleinen Winkel des Raumes, nahm Fingerabdrücke von der Türklinke und der manipulierten Lüftungsanlage. Doch schon nach den ersten qualitativen Überprüfungen wurde ihr klar, dass der Täter ein Profi war und offenbar Handschuhe getragen hatte, als er den Raum betrat und seine technischen Gerätschaften installierte. Sie fand zwar längliche Haare auf der Matratze, aber diese waren, wie zu erwarten, eindeutig vom Opfer. Der Täter gab sich wirklich große Mühe, keinerlei Beweise am Tatort zu hinterlassen. Für Anna war der Fall bereits abgeschlossen, sie ahnte intuitiv, dass sie den Raum nun ihren Kolleginnen und Kollegen von der Spurensicherung überlassen konnte. Eine heiße Spur würden auch sie nicht finden. Also verließ sie enttäuscht den Raum. Bereits nach dem Öffnen der Stahltür fielen die BKA-Beamten wie gierige Hyänen über den Tatort her.

»Und was hast du gefunden, Anna?«, fragte Kommissar Redlich gespannt.

»Nichts, der Typ ist ein Profi. Keinerlei Fingerabdrücke oder sonstige Spuren!«

»Hast du DNA-Proben gesammelt?«

»Außer Frauenhaare konnte ich leider nichts finden, vielleicht sind unsere lieben Kollegen vom BKA aufmerksamer und spitzfindiger als wir.«

Anna konnte sich das Lachen nicht verkneifen. Und auch Kommissar Redlich war kurz davor, lautstark loszubrüllen. Bevor sie es sich endgültig mit den BKA-Einsatzkräften verscherzten, inspizierten sie die anderen Gänge des Kraftwerks, als Anna plötzlich ein Geistesblitz kam. »Wir müssen zurück zur Selbstschussanlage, vielleicht können wir den Täter über die Seriennummern der einzelnen Bauteile ermitteln. So viele Käufer für Bestandteile einer Selbstschussanlage wird es im Berliner Raum wohl nicht geben ...«

»Herr Gott, Anna, du bist ein verdammtes Genie ...«, sagte Kommissar Redlich zu seiner liebgewonnenen Kollegin. Er klopfte ihr freundschaftlich auf die Schultern, um anschließend zur deaktivierten Selbstschussanlage zurückzukehren. Das Techniker-Team vom BKA war bereits dabei, die Anlage zu demontieren, sodass keine weitere Gefahr mehr von der Handfeuerwaffe ausging.

»Der Täter hat die Lichtschranke mit einem funkgesteuerten Sender und Empfänger gekoppelt. Der Empfänger war wiederum mit einem Servomotor verbunden, der den Abzug der Waffe auslöste«, erklärte einer der Techniker. Anna trat einen Schritt nach vorn und fasste ihren Mut zusammen.

»Alle Bauteile bekommt man im Baumarkt oder Bastelladen zu kaufen, nur die Handfeuerwaffe, eine Walter P90, ist zulassungspflichtig. Der Täter wird wohl kaum im Besitz eines Waffenscheins gewesen sein. Das Modell ist also entweder geklaut oder über das Darknet erworben worden. Die Spuren zurückzuverfolgen dürfte kaum möglich sein. Und selbst die leere Patronenhülse und die restliche Munition im Magazin verraten uns nichts über den Täter. Trotzdem sollten wir die Seriennummern aller auffindbaren Bauteile überprüfen.«

Anna zückte ihr Smartphone und fotografierte die Seriennummern, um sie schnellstmöglich an Olaf Schwamborn weiterzuleiten. Um die restlichen Ermittlungen am Tatort konnte sich jetzt das BKA kümmern. Wenn es eine Möglichkeit gab, doch noch an den Täter zu kommen, dann hatte sie Anna soeben abfotografiert. »Mehr können wir jetzt wohl nicht tun, Johannes …«

»Nicht ganz, Anna, ich hätte da noch eine Idee

…«, sagte Kommissar Redlich mit Blick auf den staubigen Boden der Einfahrt. »Siehst du die Reifenspuren dort drüben?«

Kommissar Redlich deutete auf einen schmalen Wendekreis, den der Täter seiner Ansicht nach benutzt haben musste, um das Gelände zu verlassen. Obwohl die Spuren kaum erkennbar waren und der Wind sie bereits deutlich verwischt hatte, lag Kommissar Redlichs Augenmerk auf einen weiteren Aspekt des Falles.

»Wenn Täter und Opfer nicht mehr am Tatort sind, was denkst du, wie sie geflohen sind? Zu Fuß oder mit einem Fahrzeug?«

Anna ahnte, worauf ihr Kollege mit seiner rhetorischen Frage hinauswollte.

»Du meinst, es müsste Aufnahmen von einer Überwachungskamera geben?«, fragte Anna vorsichtig.

»Wenn der Täter wirklich so schlau ist, dann hat er sich bereits in das System gehackt und die Aufnahmen gelöscht.«

»Aber wenn er die Kamera gar nicht erst bemerkt hat? Wir bräuchten nur das Kennzeichen des Fluchtwagens, dann könnten wir eine Fahndung rausgeben. Dort drüben am anderen Ende der Straßenseite, siehst du das?«, fragte Kommissar Redlich voller Neugierde. Entschlossen gingen beide Ermittler auf die Stelle zu, die den Anschein erweckte, als würde dort eine Überwachungskamera stehen. Doch bereits nach wenigen Augenblicken mussten sie enttäuscht feststellen, dass keine Kamera auf das Gelände zeigte, sondern nur ein herausstehendes Metallteil dafür verantwortlich war. Hatte der Täter jetzt endgültig gewonnen? Waren nun alle Spuren zu Laura für immer verloren?

Kapitel 19

Luzius genoss den leidvollen Anblick von Laura, die am nächsten Morgen zum Frühstück wieder nur Obst und Gemüse aus Plastik vorgesetzt kam. Selbst das verunreinigte Wasser konnte Laura kaum noch trinken. Als Luzius endlich für einige Stunden im Keller verschwand, um alles für den finalen Augenblick vorzubereiten, filtrierte Laura das Wasser durch ihr T-Shirt. Sie zog ihr Oberteil aus und kippte etwas Flüssigkeit auf den Stoff, um das gefilterte Wasser anschließend über ihren trockenen Mund auszuwringen. Als sie das Stoffknäuel erneut öffnete, blickte sie auf einen Abgrund. Zwischen den bunten Plastikteilchen befanden sich auch larvenähnliche Parasiten im Filterkuchen. Kleine Larveneier und wurmähnliche Gebilde, die frisch geschlüpft waren, zierten den weißen Stoff ihres Oberteils. Und soeben hatte sie von diesem Wasser getrunken. Ob auch Larven in ihren Magen gelangt waren? Ein heftiger Anfall von Übelkeit überkam sie. Sie erbrach auf dem hölzernen Fußboden und verkrampfte voller Schmerz. Auch Luzius hatte Lauras Würgen gehört. Wie ein Verrückter stampfte er die hölzerne Kellertreppe hinauf, um nach ihr zu sehen. Die Absätze seiner Stöckelschuhe ließen Laura aufhorchen. Für einen kurzen Augenblick riss sie sich zusammen.

Luzius drehte den Schlüssel um. Dann öffnete er die Tür zu jenem Raum, in dem er Laura eingesperrt hatte. Er schaute herab auf die zusammengekauerte Menschengestalt. Ohne auch nur einen Anflug von Mitleid zu empfinden, setzte er sein krankes Spiel fort.

»Es hat meinen Fußboden verschmutzt, es soll damit aufhören, Luzie mag keinen Schmutz«, sagte Luzius mit verstellter Frauenstimme.

»Was war in dem Wasser?«, fragte Laura entkräftet.

»Es soll keine Fragen stellen!«

»Luzie, bitte ...«, flehte Laura. Luzius geschminktem Gesicht war ein kurzes Lächeln zu entnehmen. Offenbar hatte es ihm gefallen, dass Laura seine weibliche Seite akzeptiert hatte und ihn endlich Luzie nannte.

»Schmutziges Wasser? Es gräbt im Boden nach schmutzigem Öl, verpestet die Luft mit schmutzigen Abgasen, leitet schmutzige Abwässer in schmutzige Kanäle und dann verlangt es nach sauberem Trinkwasser? Luzie mag keinen Schmutz«, sagte Luzius mit verstellter Stimme. In seinem letzten Satz schwang etwas Melancholisches mit. Laura hatte für einen kurzen Augenblick das Gefühl, in diesem Menschen würde doch noch so etwas wie ein Gespür für Gerechtigkeit innewohnen. Vielleicht musste sie nur lange genug mitspielen und ihm das Gefühl geben, er würde gewinnen. Vielleicht würde er sie dann endlich gehen lassen und verstehen, dass nicht sie die Verantwortung für die vielen Anschuldigungen trug. Schließlich war Laura auch nur ein Mensch mit normalen menschlichen Bedürfnissen. Hatte sie es wirklich verdient so zu leiden? Nur weil sie bei der falschen Firma angestellt war? Hätte man dann nicht jeden beliebigen Menschen zur Verantwortung ziehen und bestrafen müssen?

Kapitel 20

Als Kommissar Redlich am nächsten Tag gegen Zehn Uhr im Polizeidezernat eintraf, seinen Rechner hochfuhr und MS Outlook öffnete, stach ihm sofort die Mail von Olaf Schwamborn ins Auge. Abgesendet wurde die Nachricht um Vier Uhr morgens, sogar Anna hatte bereits darauf geantwortet. Kommissar Redlich war im gesamten Mail-Verlauf als Cc eingetragen. Etwas peinlich war es schon gewesen, dass ausgerechnet Kommissar Redlich so spät auf Arbeit eintraf. Für gewöhnlich litt er unter Schlafprobleme, wenn solche ungelösten Fälle ihn beschäftigten. Aber er hatte bereits die Nächte zuvor durchgemacht und am Tatort keinerlei heiße Spuren entdeckt, die ihn hätten näher an sein Ziel bringen können. Umso erfreulicher war deshalb die Nachricht von Olaf Schwamborn, der nun voller Stolz verkündete, über wessen Namen eines der Bauteile der Selbstschussanlage bestellt worden war. Und zwar handelte es sich dabei um einen gewissen Doktor Baier von der Firma *LifeCrop*.

Sofort griff Kommissar Redlich zum Telefonhörer. Er wählte die Nummer von Olaf Schwamborn, um sich erneut zu vergewissern.

»Guten Morgen Herr Schwamborn, sagen Sie,

dieser Herr Baier von *LifeCrop*, stand der nicht schon mal vor geraumer Zeit unter Verdacht? Ich kann mich noch an einen Zeitungsartikel aus dem vergangenen Jahr erinnern, als dem Unternehmen vorgeworfen wurde, in illegale Geschäfte verwickelt zu sein. Sind Sie sicher, dass wir hier denselben Kerl meinen?«, fragte Kommissar Redlich verwundert. Olaf Schwamborn fasste sich kurz.

»Herr Kommissar Redlich, bitte entschuldigen Sie meine verkürzte Antwort, aber wir vom Cybercrime-Abwehrzentrum haben hier eine Menge zu tun. Ich kann Ihnen jedoch versichern, dass unsere Datenbank-Recherche zu diesem Ergebnis gekommen ist. Was Sie mit dieser Information anfangen, bleibt Ihnen überlassen«, sagte Olaf Schwamborn. Kommissar Redlich konnte sich noch kurz bedanken, dann legte Olaf Schwamborn den Hörer auf, um weitere Fälle abzuarbeiten. Die neue Abteilung für Internetkriminalität wurde offenbar doch besser angenommen, als Johannes Redlich zuvor gedacht hatte. Es schien so, als würden echte Ermittler wie er zu einer aussterbenden Spezies gehören. Heutzutage bestellte jeder Mensch irgendetwas im Internet und die Verbrechensrate auf diesem Feld explodierte. Ohne die Kompetenz von Olaf Schwamborn und seiner neuen Abteilung wäre Johannes Redlich ohnehin nicht so weit gekommen. Doch nun lag es an ihm, die gewonnenen Erkenntnisse gewinnbringend zu nutzen. Er musste sich auf den Weg zur Firmenzentrale von *LifeCrop* machen und dort direkt nach Doktor Baier fragen.

Johannes Redlich trug Zivilkleidung, als er sich an der Pforte des multinationalen Agrar-, Chemie und Pharmakonzerns vorstellte. Vor dem Eingang standen typische Drehkreuze, die sich nur mit einer Zutrittskontrollkarte öffnen ließen. Kommissar Redlich hielt seinen Dienstausweis gegen die Glasscheibe des Foyers, in dem der Pförtner saß. Dieser rollte kurz mit den Augen.

»Guten Morgen, mein Name ist Kommissar Redlich vom Landeskriminalamt. Wir ermitteln hier in einem komplizierten Fall und würden gerne mit Doktor Baier sprechen. Ist er zufällig im Haus?«, sagte Kommissar Redlich zum Pförtner.

»Ihr?«, fragte der Pförtner leicht sarkastisch. »Also im Moment sehe ich nur eine Person und das sind Sie. Herr Doktor Baier befindet sich ganz oben im Gebäude bei einer Vorstandssitzung. Hier ist Ihre Gastkarte, Sie können den Fahrstuhl dort drüben nehmen.«

Kommissar Redlich bedankte sich mit einem freundlichen Kopfnicken. Dann nahm er die Gastkarte entgegen und ging zum Fahrstuhl. Auf dem Weg dorthin begegneten ihm Männer in schwarzen Anzügen, die silberne Aktenkoffer umhertrugen, hektisch telefonierten und so aussahen, als wären es wichtige Wirtschaftsanwälte. Beim Vorbeigehen schnappte er noch die Worte »Zulassung« und »Klagen« auf. Im Fahrstuhl richtete sich Kommissar Redlich die Haare. Der Innenraum des Fahrstuhls war nicht nur vergoldet, sondern auch mit unzähligen Spiegeln ausgestattet.

Obwohl Johannes Redlich schon über fünfzig Jahre alt war und einen Dreitagebart trug, sah er diesen Vormittag frisch aus. Das lag vermutlich auch an der letzten Nacht, die er endlich mal wieder vollständig durchschlafen konnte. Sein Gehirn arbeitete deshalb ausgesprochen gut und er fühlte sich dazu bereit, es mit einer ganzen Armee von Schurken aufnehmen zu können. Wer auch immer dieser Doktor Baier war, Kommissar Redlich würde schon bald herausfinden, welche Rolle er in diesem Fall spielte.

Kapitel 21

Plötzlich ertönten laute Motorengeräusche, als Luzius im Keller der Waldhütte an seinem Geheimplan arbeitete. Er hatte etwas ganz Besonderes für

Laura vorbereitet, doch nun durchkreuzten unvorhersehbare Ereignisse seinen akribisch ausgearbeiteten Plan. Als die Geräusche näherkamen, musste er unverzüglich handeln. Er rannte hinauf ins Schlafzimmer, das sich im Erdgeschoss befand, um seine Frauenkleider auszuziehen und gegen etwas Männliches einzutauschen. Vor dem Spiegel übte er seine neue Rolle, bis es an der Tür klopfte. Bevor Laura auch nur einen Ton von sich geben konnte, stopfte er ihr einen Knebel in den Mund. Dann fixierte er ihre Hände hinter dem Rücken und band diese mit schwarzem Isolierband am Kaminrohr fest. Behutsam erfühlte er den unregelmäßigen Luftstrom, der aus ihren Nasenlöchern strömte. Schließlich sollte sie nicht ersticken, zumindest noch nicht.

Nachdem alle Vorkehrungen getroffen waren, öffnete Luzius die Tür. Vor ihm stand ein großer Waldarbeiter mit Schutzhelm und Kettensäge, ein auffälliger Jeep mit tuckerndem Motor befand sich ebenfalls in der Nähe. Bevor Luzius den Mann begrüßte, suchte er die Umgebung nach weiteren Menschen ab.

»Hallo, was kann ich für Sie tun?«, fragte Luzius.

»Ist das Ihre Hütte? Ich soll hier ein paar Bäume fällen«, sagte der Waldarbeiter. Dann nahm er den Gesichtsschutz ab und reichte Luzius die Hand. Luzius schlüpfte sofort in seine neue Rolle. Er stellte sich mit einem charmanten Lächeln vor, wohlwissend, dass der Waldarbeiter ihm glauben würde.

»Mein Name ist Doktor Vossberg. Ich arbeite für das Forstwissenschaftliche Institut der Leibnitz-Gesellschaft und erforsche hier im Auftrag der Landesregierung die Ausbreitung des Borkenkäfers. Vielleicht kann ich Ihnen beim Fällen der Bäume behilflich sein?«, sagte Luzius im perfekt ausformulierten Hochdeutsch.

»Genau deswegen bin ich hier«, gab der Waldarbeiter zurück. »Unsere Firma kann gar nicht so viel Holz verarbeiten wie momentan gekauft wird. Es ist ein regelrechter Holzrausch ausgebrochen. Der Holzpreis war wegen diesem verkackten Käferbefall zwar kurzzeitig im Keller, aber jetzt sind alle wie verrückt nach unserem Holz. Wir werden jetzt auch gesunde Bäume fällen, damit wir unsere Umsatzziele erreichen. Wir verkaufen schon Unmengen an Holzpellets ins Ausland, damit die Kraftwerke genügend Strom produzieren können.«

Luzius nickte. Äußerlich ließ er sich nichts anmerken, doch innerlich kochte er vor Wut. Jetzt kamen diese geldgeilen Schweine sogar schon in sein Waldstück, um sich die Taschen vollzuhauen.

»Na dann wollen wir mal loslegen«, sagte Luzius und schnappte sich seine karierte Baumwolljacke aus der Veranda. »Ich würde im Anschluss gerne noch ein paar Holzproben nehmen, wenn Sie gestatten«, fuhr er fort.

»Untersuchen Sie die Proben selbst dort drüben in Ihrer Waldhütte?«, fragte der Waldarbeiter neugierig. Noch bevor die Neugierde des Waldarbeiters zu einem größeren Problem heranwachsen konnte, beschwichtigte Luzius.

»Die Waldhütte ist staatliches Eigentum der Landesverwaltung. Es ist Ihnen nicht gestattet, nähere Informationen darüber einzuholen oder das Gebäude eigenmächtig zu betreten.«

Etwas irritiert fuhr sich der Waldarbeiter durchs Haar. So genau wollte er gar nicht wissen, was sich in der Hütte befand, als er seine Frage gestellt hatte. Doch der letzte Satz von Luzius löste ein ungutes Gefühl in ihm aus. Er spürte innerlich, dass Luzius unbedingt vermeiden wollte, dass der Waldarbeiter die Hütte betrat. Welches Geheimnis sich wohl in dem Gebäude verbarg?

Kapitel 22

Kommissar Redlich betrat das oberste Stockwerk des Hauptsitzes von *LifeCrop*. Wie der Pförtner es ihm zuvor erklärt hatte, nahm er den Weg entlang des Durchgangs hinauf zur Vorstandsetage. Doktor Baier wurde bereits vom Pförtner über die laufende Ermittlungsarbeit der Polizei informiert. Er empfing Kommissar Redlich mit einem höflichen Lächeln.

»Was kann ich für Sie tun, Herr Kommissar?«, fragte Doktor Baier zuvorkommend. Doktor Baier war ein älterer Herr im feinen Nadelstreifenanzug mit runder Nickelbrille und schmächtiger Statur.

»Es geht um einen Fall, der gerade für ziemlich viel Wirbel sorgt. Offenbar wurde Ihr Name angegeben, um ein bestimmtes Bauteil einer Selbstschussanlage zu bestellen. Das Bauteil trug eine Seriennummer, die uns direkt zu Ihnen geführt hat. Es kam bereits zu einem Personenschaden«, sagte Kommissar Redlich.

»Sehe ich so aus, als würde ich heimlich Selbstschussanlagen basteln?«, fragte Doktor Baier leicht aufgeheitert. »Wie Sie sicherlich bemerkt haben, stehen wir gerade im Fokus der internationalen Presse. Ich möchte mich ungern näher zu den Einzelheiten äußern, gebe jedoch zu bedenken, dass eine Person wie ich stets von außen angefeindet wird. Es kann also durchaus vorkommen, dass jemand mich diskreditieren möchte.«

Kommissar Redlich musterte Doktor Baier von oben bis unten. Auf dem Gesicht trug der Doktor eine unscheinbare Nickelbrille mit runden Gläsern, seine kurzgeschorenen Haare waren aschgrau. Kommissar Redlich schätzte sein Gegenüber auf Ende Fünfzig, vielleicht Anfang Sechzig.

»Wie alt sind Sie?«, fragte Kommissar Redlich.

»Sechsundsechzig«, antwortete Doktor Baier. Kommissar Redlich runzelte die Stirn. »Da haben Sie sich aber verdammt gut gehalten. Warum arbeiten Sie noch? Sie könnten längst Ihren Ruhestand genießen.«

»Die Arbeit hält mich jung, Herr Kommissar. Warum sollte ich den ganzen Tag auf der faulen Haut liegen wollen?«, erwiderte Doktor Baier mit einem herzhaften Lachen. Kommissar Redlich war nicht zum Lachen zu Mute. Er musste dringend einen Fall lösen. Ihm lief die Zeit davon. Schließlich hatte man Laura noch immer nicht finden können und vom Täter fehlte auch jede Spur.

»Eines verstehe ich bis heute nicht, Herr Doktor

…«, sagte Kommissar Redlich.

»Sie wurden vor drei Jahren beschuldigt, in illegale Geschäfte verwickelt zu sein. Es ging um Korruption und mögliche Verwicklungen Ihres Unternehmens in den illegalen Gewebehandel. Nun ermittle ich in einem ganz anderen Fall. Warum zur Hölle taucht Ihr Name erneut auf?«

»Diese Vorwürfe standen im Raum, aber ich wurde nie rechtskräftig verurteilt. Firmen wie *LifeCrop* werden ständig für irgendetwas beschuldigt. Das ist Alltag in unserem Geschäftsfeld. Die Menschen kaufen unsere Produkte dennoch, wir retten Leben und ernähren die Welt mit unserer Agrar-Chemie-Sparte. Als Vorstand trage ich außerdem die Verantwortung für zehntausende MitarbeiterInnen.«

»Wenn ich mich recht erinnere«, sagte Kommissar Redlich. »... dann ging es vor drei Jahren sogar um den Vorwurf, dass Ihre Firma indirekt Menschenhandel und Organraub fördert. Wie können Sie nachts überhaupt noch ruhig schlafen?«

»Das sind dreiste Unterstellungen und Lügen. Nur weil man Lügen beliebig oft wiederholt, werden sie nicht automatisch wahr. Hätten Sie Ihre Hausaufgaben gemacht und im Vorfeld vernünftig recherchiert, dann würden Sie jetzt wissen, dass diese Gerüchte damals nur gestreut wurden, um unseren Aktienkurs zu manipulieren. Das war kurz vor der geplanten Übernahme durch einen amerikanischen Großkonzern. Diese gierigen Heuschrecken von der Wall Street wollten Mehrheitsanteile unserer Aktiengesellschaft zu einem günstigeren Einstiegskurs erwerben, aber der Deal ist letztendlich geplatzt. Der daraus resultierende Image-Schaden kostete uns bis heute über zwei Milliarden US-Dollar.«

»Und das Geschäftsfeld im Agrarbereich? Ihre Firma vertreibt Pestizide, die im Verdacht stehen, krebserregend zu sein. Außerdem schädigen Sie nachweislich die Biodiversität, weil einige der Substanzen von *LifeCrop* das Potential haben, ganze Bienenvölker auszulöschen. Mal abgesehen davon unterscheidet Sie gar nicht so viel von diesen Heuschrecken der Wall Street.«

»Wieder nur Behauptungen. Sind Sie Naturwissenschaftler, Herr Kommissar? Haben Sie die Studien gelesen? Haben Sie jemals selbst im Labor gestanden und eigenständig geforscht?«, fragte Doktor Baier in einem leicht arroganten Tonfall. Kommissar Redlich blieb stumm. Tatsächlich verstand er nicht viel von Biochemie, dafür war Anna-Maria Montag vom Kriminaltechnischen Institut zuständig. Auch die Studien hatte er nicht gelesen. Es war viel mehr so, dass er jenen Meldungen geglaubt hatte, die damals durch die Presse gingen.

»Sehen Sie, Herr Kommissar. Die meisten Menschen verstehen nicht viel von dem, was *LifeCrop* für die Gesellschaft leistet. Wir sind ein forschendes Chemie- und Pharmaunternehmen. Wir produzieren chemische Grundstoffe für den alltäglichen Bedarf, wir helfen kranken Menschen, wir investieren Milliarden in Forschung und Entwicklung. Einige unserer eigenen Studien haben gezeigt, dass von den genannten Substanzen keine Gefahr für Mensch und Umwelt ausgeht«, sagte Doktor Baier selbstsicher.

»Haben Sie diese Studien denn nicht selbst finanziert?«, hakte Kommissar Redlich kritisch nach.

»Glauben Sie, was Sie wollen«, erwiderte Doktor Baier flapsig als plötzlich sein Telefon klingelte. »Entschuldigen Sie mich bitte, Herr Kommissar!«

Nach einem kurzen Telefonat war klar, dass die Luft hier oben schon bald sehr viel dünner für Doktor Baier werden würde. Kommissar Redlich schaute aus dem Fenster. Vor dem Konzerngebäude hatten sich einige Demonstranten versammelt. Auch die Presse mischte sich unter die Protestierenden und filmte das Konzerngebäude. Offenbar gab es ein frisches Datenleck oder einen neuen Skandal, in den

LifeCrop verwickelt war.

Kapitel 23

»Schönes Auto. Ist das Ihr Wagen?«, fragte Luzius den Waldarbeiter. Der Jeep stand einige Meter von der Waldhütte entfernt. Der Waldarbeiter nickte, Luzius setzte seinen Monolog fort.

»Wussten Sie, dass Forscher von *Gazneft* bereits in den 1970er Jahren einen internen Bericht vorgelegt hatten, aus dem klar hervorging, dass der massive Ausstoß von Kohlenstoffdioxid zu einer Erwärmung der Atmosphäre führen würde? Wir erleben jetzt nicht nur eine globale Klimakatastrophe, sondern auch noch die größte Biodiversitätskrise. Ausgestorbene Arten kommen nie wieder zurück!«

Der Waldarbeiter zuckte kommentarlos mit den Schultern. Dann nahm er die Kettensäge in die Hand und zog kräftig an der Starthilfe. Der Benzinmotor heulte lautstark auf. Das linke Augenlid von Luzius begann zu zucken. Als der Motor der Kettensäge absoff, der Waldarbeiter hatte offenbar zu viel Benzin eingefüllt, ergriff Luzius erneut das Wort.

»Der interne Bericht wurde nie von *Gazneft* veröffentlicht. Stattdessen gab die Firma Milliarden von US-Dollar aus, um Klimaskeptiker zu finanzieren und Zweifel am menschengemachten Klimawandel zu säen. In dem Bericht hieß es, dass nach der Jahrtausendwende messbare Temperaturveränderungen auftreten würden. Sobald dies der Fall sei, wäre es bereits zu spät. Aufgrund der gestiegenen Konzentration an Kohlenstoffdioxid in der Atmosphäre würde sich dann auch Methan aus den Permafrostböden herauslösen und die Erwärmung weiter verstärken. Methan ist zwar nicht so stabil wie Kohlenstoffdioxid, es bleibt also nicht ganz so lange in der Atmosphäre, dafür ist es aber ein sehr viel stärkeres Treibhausgas. Dadurch werden unumkehrbare Kippelemente in Gang gesetzt, die den Klimakollaps nur noch weiter beschleunigen. Mit Ihrem Jeep gehen Sie nicht gerade mit gutem Beispiel voran. Wir hören immer, dass wir das Klima schützen sollen. Das halte ich persönlich für eine dumme Aussage. Es müsste eher lauten, unser Leben zu schützen. Wir brauchen eine kritische Masse, die endlich aufwacht und die politischen Entscheidungsträger unter Druck setzt!«

»Sind Sie fertig?«, fragte der Waldarbeiter. »Es gibt nämlich keinen menschengemachten Klimawandel. Ist alles nur eine Erfindung, damit man uns kleinen Leuten das Geld aus der Tasche ziehen kann. Hab gerade wieder ein Video gesehen, das mir ein Kollege geschickt hat. Alles Lüge, das sollten Sie als Wissenschaftler eigentlich wissen, Herr Doktor.«

Das linke Augenlid von Luzius zuckte wiederholt. Nun kamen auch Krämpfe in seinem rechten Handballen hinzu, die er nicht mehr länger unterdrücken konnte. Fast hätte Luzius den Waldarbeiter lautstark angebrüllt, doch dann erhellte ein hilfesuchender Frauenschrei die Waldluft. Der Waldarbeiter ließ augenblicklich von seiner Tätigkeit ab.

»Kam der Schrei aus der Hütte?«, fragte der Waldarbeiter voller Entsetzen. Luzius schloss die Augen. Sein linkes Augenlid zuckte, der Druck in seinem Handballen wurde größer.

»In der Hütte ist niemand. Lassen Sie uns lieber über den Borkenkäfer und seine gefräßigen Larven sprechen«, sagte Luzius. Doch der Waldarbeiter schüttelte nur irritiert den Kopf.

»Sind Sie komplett bescheuert? Was ist in der Hütte?«

»Werden die gefräßigen Borkenkäfer-Larven aus Ihrer Sicht auch noch den restlichen Waldbestand verzehren? Der Klimawandel führt zu immer größeren Schädlingspopulationen. Ich bräuchte hierzu wirklich dringend eine Antwort von einem Praktiker wie Ihnen, der stets vor Ort ist und den Wald wie seine Westentasche kennt«, sagte Luzius. Erneut schüttelte der Waldarbeiter den Kopf. Dann ließ er Kettensäge und Schutzhelm fallen. Zielgerichtet marschierte er zur Hütte.

»Krankes Arschloch«, nuschelte der Waldarbeiter. Luzius schaute auf die Kettensäge. »Schwerer Fehler, mein Guter …«, flüsterte Luzius leise. Mit einer blitzschnellen Handbewegung schnappte er sich die Kettensäge. Der Arbeiter rüttelte an der verschlossenen Eingangstür, als plötzlich laute Motorengeräusche ertönten. Luzius stürmte wie ein Irrer mit der kreischenden Kettensäge auf den Waldarbeiter zu. Noch bevor der Arbeiter einen klaren Gedanken fassen konnte, rammte ihm Luzius die Kettensäge ins linke Bein. Der laute Schmerzschrei ließ Vogelscharen aus den Baumkronen aufsteigen. Blut spritzte. Fetzen von Haut und Knochensplitter flogen durch die Luft. Nachdem der harte Beinknochen durchtrennt war, ließ Luzius von seinem Opfer ab.

Kapitel 24

Nachdem Kommissar Redlich seinen Blick hinüber zu Doktor Baier geschwenkt hatte, hob dieser nur entschuldigend die Hand. »Jetzt schauen Sie mich nicht so vorwurfsvoll an«, sagte der Doktor. »Aber die Presse wird Sie da draußen sicherlich darauf ansprechen«, schob er hinterher.

»Worauf wird mich die Presse da draußen ansprechen?«, fragte Kommissar Redlich neugierig. Doktor Baier schaute auf die Transparente der Demonstranten.

»Nun ja, der neue Zukauf im Agrarsektor entpuppt sich zunehmend als riskantes Investment. Ich hatte die Übernahme mit vollem Engagement durch alle Instanzen gedrückt. Es geht um nichts Geringeres als die Ernährung der Welt. Verstehen Sie?«

»Meinen Sie diesen Saatgut-Hersteller? Oder diesen Energiekonzern?«

»Schauen Sie, unser Konglomerat wird schon sehr bald einen Großteil der zehn Milliarden Menschen ernähren müssen, die bis dahin auf unserem Planeten leben werden. Doch momentan bereiten uns zahlreiche Klagen große Probleme. Das gefährdet nicht nur unsere Umsatzprognosen und den Wert unseres Unternehmens, es verknappt auch die weltweite Verfügbarkeit von Grundnahrungsmitteln. Wir kooperieren auf vielen Ebenen mit *Gazneft*, dem weltweit größten Lieferanten von konventionell förderbaren Erdgas- und Erdölvorkommen. Diese Kooperation steht nach einem politisch motivierten Embargo auf dem Prüfstand. Doch ohne günstige Energie können wir keine Düngemittel mehr produzieren. Dieser energieintensive Vorgang erfordert günstiges Erdgas. Wenn keine Düngemittel mehr produziert werden, können unsere gentechnisch optimierten Saatgutpflanzen nicht annähernd ihr volles Ertragspotential ausschöpfen. Mit anderen Worten: Wir steuern auf die weltweit größte Hungerkatastrophe unserer Zeit zu!«

»Wozu erzählen Sie mir das? Ich bin hier, um ein Verbrechen aufzuklären. Die Rettung der Welt liegt nicht in meinem Zuständigkeitsbereich. Das ist nicht meine Gehaltsgruppe«, sagte Kommissar Redlich.

Nachdem er keine weiteren Fragen an Doktor Baier hatte, verließ er die Vorstandsetage. Vor dem Gebäude warteten zahlreiche Journalisten. Das Gesicht von Kommissar Redlich war einem der Reporter im Gedächtnis geblieben, als dieser von einem anderen Kriminalfall berichtet hatte. Sofort witterte er seine große Chance. Mit seinem Kamerateam umzingelte er Kommissar Redlich, der keine Gelegenheit mehr hatte, dem Mob auszuweichen.

»Herr Kommissar, welche neuen Erkenntnisse gibt es zu *LifeCrop* und dessen Beteiligung an den gefälschten Studien? Stimmt es, dass die hergestellten Pestizide krebserregend sind und die produzierten

Kunststoffe unsere Meere zumüllen? Zerkleinertes Mikroplastik wurde bereits im menschlichen Blut nachgewiesen, was sagt Doktor Baier dazu? Stimmt es, dass der Konzern jahrzehntelang billiges Erdgas und Erdöl von *Gazneft* bezogen hat, wodurch indirekt völkerrechtswidrige Angriffskriege finanziert wurden?«, fragte der Reporter. Die Kamera zoomte auf Kommissar Redlich heran. Mehrere Mikrofone wurden ihm vor das Gesicht gehalten. Kurz darauf drängelten sich alle anderen Blogger, Journalisten und Lokalreporter an den überforderten Kommissar heran, um auf eine Antwort zu warten. Genervt schüttelte er den Kopf. »Kein Kommentar.«

Doch die Reporter ließen nicht locker. Dann brachte ihn eine Nachfrage jedoch endgültig aus der Fassung.

»Geht es dem Mädchen gut? Wir wissen, dass Sie die Einsatzleitung übernommen haben und an dem Fall dran sind. Werden Sie Laura retten?«

»Jetzt passen Sie mal auf, ich werde Ihnen keine weiteren Einzelheiten zu dem Fall nennen. Sie gefährden mit solchen Interviews die laufenden Ermittlungen. Wir sind an dem Fall dran und werden den Täter finden!«

Die vielen Kameras und Mikrofone hatten jedes

einzelne Wort aufgenommen. Der Fall geisterte nun schon seit Stunden durch sämtliche Nachrichtensendungen und bekam damit noch mehr Aufmerksamkeit. Unzählige Menschen hatten bereits in den sozialen Medien von Lauras Entführung erfahren und aus Solidarität ihren *Instagram* Account abonniert. Bevor Kommissar Redlich in seinen Wagen stieg, drückte der aufdringliche Journalist ihm eine Visitenkarte in die Hand.

»Wenn Ihnen doch noch etwas zum Fall des entführten Mädchens einfällt, das Sie gerne mit uns teilen möchten, rufen Sie mich bitte an!«

Kapitel 25

»Oh, sieh an, es hat das linke Bein verloren. Hat es starke Schmerzen?«, fragte Luzie mit verstellter Frauenstimme. Wenn sich Luzius zu Luzie verwandelte, war jegliche Empathie erloschen. Bevor sich Luzie um den Waldarbeiter kümmern konnte, musste die Verwandlung vollendet werden. Also ging Luzie in das Badezimmer, um sich in Frauenkleider zu hüllen und etwas vom roten Lippenstift aufzutragen. Zum Schluss setzte sie die Perücke auf.

»Meine Larven mögen männliches Fleisch«, sagte

Luzie, bevor sie das abgetrennte Bein in die Hand nahm und zurück zur Hütte ging. Das Blut tropfte auf den Holzfußboden. Der schwerverletzte Waldarbeiter war bereits vor der Hütte zusammengebrochen. Als Luzie in den Keller ging, lief sie am Kamin vorbei, an dem Laura gefesselt ausharrte. Entsetzt starrte Laura auf das abgetrennte Bein. Sie schrie vor Schreck.

Unten im Keller hatte Luzie ein kleines Labor eingerichtet, um den neuen Plan vorzubereiten. Dazu musste sie fleischfressende Parasiten heranzüchten. Wenn sich die Parasiten erst an menschliches Gewebe gewöhnt hatten, konnte Luzie die Larven und Eier an Laura verfüttern. Durch einen biochemischen Impuls, so hoffte Luzie, würden sich die Parasiten durch Lauras Magen-Darmsystem fressen und sie von innen aushöhlen. Bevor sie ihr Kunstwerk vollenden konnte, gab sie das abgetrennte Bein in einen großen Bioreaktor. Dann impfte sie die Nährlösung mit weiteren Larven und Parasiten-Eiern an. Schon bald würde sich der Lebenszyklus des Parasiten wiederholen und die ausgewachsenen Fadenwürmer würden eine neue, noch gefräßigere Generation an Nachkommen erzeugen.

Das Schlimmste an dem Plan war jedoch, dass Luzie sich selbst als Heldin sah, dass die Grenze zwischen Gut und Böse praktisch nicht mehr existierte, weil sie so sehr davon überzeugt war, das Richtige zu tun. Die Welt sollte durch diese Abscheulichkeit vor dem Untergang bewahrt werden, denn auch neuartige Parasiten und andere Krankheitserreger breiteten sich in Folge der globalen Klimakatastrophe immer weiter nach Norden aus. Luzie hatte die Spur zu Doktor Baier, dem Vorstand von *LifeCrop*, nicht ohne Grund als falsche Fährte gelegt. Laura war nicht ohne Anlass hier, das war ihre schicksalhafte Bestimmung. Auch den Waldarbeiter hatte jenes Schicksal ereilt, das im großen Plan des Lebens für ihn vorgesehen war, fantasierte Luzie voller Besessenheit. Alles sollte für den finalen Augenblick in unbekannter Perfektion vorbereitet werden: Lauras erlösender Opfergabe vor den Augen des Internets.

Nachdem Luzie die blutrot gefärbte Nährlösung erfolgreich mit Larven und Parasiten-Eiern beimpft hatte, widmete sie sich wieder der Technik. Sie würde den Kellerraum so umgestalten, dass die Plastikwanne von allen Kameras gefilmt werden konnte. In der Wanne gefesselt würde Laura darauf warten, dass die Larven endlich schlüpfen. Sobald die hungrigen Parasiten dann mit einer biochemisch stimulierenden Substanz in Kontakt kämen, würden sie toben und ihren Körper förmlich zum Explodieren bringen. Und dann würde Luzie ihre Botschaft im Live-

Stream verkünden, um der Welt zu zeigen, dass man Firmen wie *Gazneft* oder *LifeCrop* nur von innen heraus vernichten konnte so wie wie ein hinterhältiger Parasit.

Kapitel 26

»Was haben Sie sich bloß dabei gedacht, Redlich?«, brüllte der Polizeipräsident in den Telefonhörer. Kurz nachdem Kommissar Redlich in sein Büro zurückgekehrt war und auf die Visitenkarte des Journalisten schaute, erwartete ihn ein unangenehmes Gespräch mit seinem obersten Vorgesetzten. Im Hintergrund liefen die Live-Nachrichten. Offenbar hatte man seine Aussagen zum Fall soeben ausgestrahlt.

»Jetzt haben wir diese verdammte Presse am Hals«, brüllte der Polizeipräsident. »Was ist bloß in Sie gefahren? Warum zur Hölle geben Sie ohne mein Einverständnis irgendwelche Interviews? Nichts verlässt hier unser Haus, ohne dass ich es nicht höchstpersönlich vorher abgesegnet habe, kapiert? Wozu haben wir denn unsere Pressestelle, hä? Wir haben absolut Nichts in der Hand, vom Täter fehlt jede Spur. Ich gebe ihnen vierundzwanzig Stunden. Dann will ich Ergebnisse sehen. Andernfalls werden Sie vom Dienst suspendiert.«

»Ich liefere Ihnen diesen Kerl«, versprach Kommissar Redlich. Dann legte er auf und atmete tief durch. Der Polizeipräsident hatte Recht. Von einer heißen Spur waren Kommissar Redlich und seine Kollegen meilenweit entfernt. Vierundzwanzig Stunden. Mehr Zeit blieb ihm nicht, um Laura zu finden und den Täter zu identifizieren. Wie sollte er das bloß schaffen?

Er zog sich einen Kaffee und massierte seine Schläfen, um alle Fakten im Kopf durchzugehen. Die Spur zu Doktor Baier war eine falsche Fährte, die der Täter absichtlich gelegt hatte, um auf die Firma *Life-Crop* aufmerksam zu machen. Aber Doktor Baier war eine Sackgasse. Der Täter handelte offenbar nach bestimmten Motiven. Dieser Raum im Heizkraftwerk und diese Ankündigung zum Klimawandel. So langsam dämmerte Kommissar Redlich, worauf es der Täter abgesehen hatte. Die technischen Fähigkeiten ließen auf einen geübten Programmierer schließen. Doch diese Zielgruppe war zu groß. Es würde schlichtweg zu lange dauern, alle straffällig gewordenen Informatik-Absolventen zu überprüfen.

Dann plötzlich hatte Kommissar Redlich eine zündende Idee. Da die Presse bereits auf den Fall angesprungen war und die Motive des Täters plausibel erschienen, musste Kommissar Redlich eine Falle konstruieren. Er kramte sein Telefon hervor und wählte die Nummer des Journalisten, der ihm zuvor den Ärger eingebrockt hatte.

»Sie wollen mehr zu dem Fall wissen?«, fragte Kommissar Redlich den Journalisten, als dieser den Hörer abnahm.

»Sehr gern, Herr Kommissar. Schießen Sie los!«

»Exklusive Story, nur für ihren Sender. Welche Reichweite haben Sie? Können Sie mehrere Kanäle gleichzeitig bespielen? Wie schnell sind Sie?«, fragte Kommissar Redlich.

»Wenn ich den Artikel jetzt schreibe, ist er in wenigen Stunden online. Dann übernehmen ihn auch andere Nachrichtensender. Ich hoffe, Sie haben wirklich brisante Informationen für mich und treiben keine Spielchen mit mir«, sagte der Journalist.

»Dank Ihnen habe ich schon genug Ärger am Hals. Wenn Sie eine bessere Quelle haben, nur zu«, sagte Kommissar Redlich.

»Bitte entschuldigen Sie! Darf ich das Gespräch aufnehmen?«

»Ja«, sagte Kommissar Redlich. Dann fuhr er fort.

»Der Täter ist hochintelligent, sein Werk wird in

die Geschichtsbücher eingehen. Wir wissen, dass er eine geniale Spur zum Vorstand von *LifeCrop* gelegt hat, einer Chemie- und Pharmafirma, die aktuell in der Kritik steht. Er hat jedoch Einträge in Datenbanken hinterlassen, die unsere Kryptographen entschlüsseln werden. Das wird uns zu ihm führen«, sagte Kommissar Redlich.

»Wann wird es soweit sein?«, fragte der Journalist.

»Spätestens in zwei bis drei Tagen. Wir bauen aktuell noch Kapazitäten im Bereich der Internetkriminalität auf. Leider wurde dieser Bereich bisher nicht ausreichend gefördert. Aber unser kompetenter Polizeipräsident hatte einige Pläne, diesen Vorgang zu beschleunigen. Jetzt muss ich aber wieder zurück an die Arbeit, vielen Dank für Ihre Zeit!«, sagte Kommissar Redlich.

Anschließend legte er auf. Während der Journalist freudig in die Tasten hämmerte und den Artikel innerhalb kürzester Zeit veröffentlichte, rief Kommissar Redlich seinen Kollegen Olaf Schwamborn an. Nach mehrmaligem Klingeln nahm Olaf endlich den Hörer ab. Schließlich hatte er Rufbereitschaft.

»Mensch Johannes, was ist denn los? Hast du mal auf die Uhr geschaut?«, sagte Olaf Schwamborn.

»Wir treffen uns in einer halben Stunde vor deinem Büro. Es ist wirklich sehr dringend!«, sagte Kommissar Redlich. Nach einer halben Stunde standen Beide vor Olafs Bürotür.

»Ich habe dem Täter eine Falle gestellt. Schau mal bei *Google News* nach!«, sagte Kommissar Redlich. Olaf holte sein Smartphone hervor. Die erste Schlagzeile hatte es in sich: »Berliner Polizeikommissar packt aus. Alles zum Fall Laura: JETZT exklusiv NUR bei uns!«

»Du bist ein Arschloch, Johannes. Warum ziehst du mich in dieses Spiel mit rein?«, fragte Olaf sichtlich nervös.

»Ich leite den Fall. Du bekommst jetzt die einmalige Chance, deine Fähigkeiten unter Beweis zu stellen. Ich kenne nicht alle technischen Details, aber aus psychologischer Sicht kann ich dir garantieren, dass der Täter unter einer narzisstischen Persönlichkeitsstörung leidet. Er kann es kaum erwarten, in den Nachrichten zu erscheinen. Am Ende wird er aber über meine letzte Aussage stolpern. Wir wissen, dass er jede Datenspur akribisch beseitigt hat. Aber wir wissen auch, dass er ein absoluter Kontrollfreak ist. Wenn er auch nur den leisesten Verdacht hat, einen Fehler gemacht zu haben, wird er umgehend alles prüfen und dabei neue Spuren hinterlassen, die du zurückverfolgen kannst. Das wird bereits heute Nacht geschehen, weil er glaubt, dass wir für die Auswertung der kryptographischen Spuren zwei bis drei Tage benötigen.«

»Mein Gott, Redlich. Du bist zwar ein Arschloch, aber denkst schon wie ein echter Hacker. Es geht nämlich nicht nur ums Coding, sondern auch ums Ausnutzen menschlicher Schwachstellen«, gab Olaf Schwamborn anerkennend zu. Anschließend setzte er sich an den Rechner, fuhr alle Systeme hoch und holte zwei seiner besten Mitarbeiterinnen und Mitarbeiter aus der Rufbereitschaft.

»Lasset die Spiele beginnen!«, sagte Olaf Schwamborn, bevor er im kryptischen Python-Code versank und auf ein Meer aus Buchstaben und Zahlen schaute.

Kapitel 27

Plötzlich hatte Luzie den starken Drang danach verspürt, sich wieder in Luzius zurück zu verwandeln. Luzie legte die Perücke ab und wusch sich die Schminke aus dem Gesicht. Nachdem die Verwandlung abgeschlossen war, recherchierte Luzius im Internet, wie sich Krankheitserreger im menschlichen

Gewebe kultivieren ließen. Das geschah meist in Zellkulturen, die aus unsterblich gewordenen Zellen bestanden. Besonders interessant fand er, dass auch viele andere Erreger wie Viren und Bakterien für Infektionsstudien in Zellkulturen gehalten wurden. Was mit isolierten Zelllinien funktionierte, sollte auch mit menschlichem Gewebe klappen, dachte er. Er schaute auf das abgetrennte Bein, das in der rötlichen Nährlösung inkubierte. Viele kleine Nematoden umzingelten wie gefräßige Schlangen das abgetrennte Gewebe. War der Waldarbeiter am Ende vielleicht sogar selbst schuld an seinem Dilemma?

Schließlich gehörte der Waldarbeiter mit seiner Kettensäge genau wie seine Kollegen im Amazonas-Regenwald zu einer Gruppe von Menschen, die den Lebensraum der wilden Tiere einschränkten. Durch die Abholzung großer Rückzugsgebiete gerieten die Wildtiere in immer größerer Bedrängnis. Sie fanden nicht mehr genügend Nahrung und wurden selbst krank. In ihrem geschwächten Immunsystem vermehrten sich Viren, Bakterien, Pilze und Parasiten. Ein unfassbar großes Reservoir für Infektionskrankheiten, die als sogenannte Zoonosen den Übersprung auf den Menschen schafften und weltweite Pandemien auslösten. Insbesondere Fledermäuse beherbergten einen ganzen Zoo an gefährlichen Viren. So fanden sich unzählige Stämme neuartiger Filo- und

Corona-Viren in Fledermäusen. Krankheiten wie das Ebola-Fieber und SARS-CoV waren nur dadurch auf den Menschen übergesprungen, weil Wildtiere zuvor gejagt und gesammelt wurden. So waren Abholzung der Urwälder und Artensterben, Klimawandel und Pandemien untrennbar miteinander verwoben. So wie der Waldarbeiter zuvor gegen den parasitären Borkenkäfer gekämpft hatte, verschlangen nun seltene Wurmparasiten aus dem Regenwald sein Bein. Alles hing mit allem zusammen, für Luzius hatte es eine große Bedeutung, sich diese Querverweise ins Gedächtnis zu rufen.

Auch gegen diesen neuartigen Parasiten aus dem Regenwald, den Luzius mit menschlichem Blut fütterte, war das menschliche Immunsystem nicht gerüstet. Um überhaupt erkannt zu werden, musste der Mensch zuvor Kontakt mit dem Erreger gehabt haben. Dann konnte er ein Immungedächtnis ausbilden und so die Krankheit bekämpfen. Doch ein Erreger, der perfekt an den Menschen angepasst war, der jedoch nicht vom menschlichen Immunsystem erkannt werden konnte, dieser Erreger vermehrte sich unaufhaltsam in seinem Wirt. Und genau solch einen Erreger wollte Luzius in Laura verpflanzen, um der ganzen Welt die Wahrheit per Live-Stream zu verkünden. Als er im Internet nach weiteren biochemischen Substanzen suchte, die eine potentielle Lockwirkung auf den Parasiten hatten, stieß er auf mehrere Wirkstoffkandidaten. Er fühlte sich wie Gott, als er begriff, dass nur er Macht über Lauras Schicksal hatte. Warum wurde er dafür von der Polizei gesucht? Hätte man ihm nicht ein Denkmal bauen sollen?

Ein ungutes Gefühl schlängelte sich durch seine Magengegend. Seine Genialität wurde verkannt. Er war seiner Zeit offenbar zu weit voraus. Nun dominierte ein Gefühl von Selbstzweifel und Wertlosigkeit. Der Drang zur Selbstverletzung wurde so groß, dass er ein Skalpell nahm und sich in den linken Unterarm ritzte. Der einsetzende Schmerz und das austretende Blut beruhigten ihn. Wie ein stiller Beobachter schaute er auf die pulsierende Wunde. Seelenruhig stand er auf, um zum Bioreaktor zu gehen, in dem das Bein des Waldarbeiters lag. Er hielt seinen linken Arm über das Becken und ließ sein eigenes Blut hineintropfen.

»Es soll sich an meinem Blute laben«, flüsterte Luzius leise zum Bioreaktor, in dem die winzigen Nematoden wie kleine Blutegel mit ihren saugenden Mundwerkzeugen am blutigen Fleisch des Waldarbeiters knabberten. So als hätte ihn diese Handlung zutiefst beruhigt, wickelte er seinen Arm behutsam in Handtüchern ein, um die Blutung zu stoppen. Schließlich waren seine Forschungen noch nicht abgeschlossen. Kurz darauf setzte er sich wieder vor den Computer. Irgendwer da draußen musste doch hinter seinen Ideen stehen. Er fühlte sich wie ein schwarzer Schatten, der nur im Hintergrund agierte und von niemanden wahrgenommen wurde. Doch er wollte mehr sein. Und so durchforstete er das Internet nach einem Echo. Er wollte wissen, ob er jemals wirklich existiert hatte und was die Welt von ihm dachte.

***

»Die Falle hat zugeschnappt!«, jauchzte Olaf Schwamborn. Kommissar Redlich war zwischendurch eingenickt. Nun riss er die Augen auf und starrte auf einen kryptischen Python-Code. Er hob fragend die Augenbrauen. Olaf seufzte, offenbar verstand Kommissar Redlich nicht viel vom Programmieren.

»Ohne dir jetzt jede einzelne Code-Zeile erklären zu müssen«, sagte Olaf. »Der Täter hat den Köder tatsächlich geschluckt. Wir haben seine IP-Adresse und können seinen genauen Standort über GPS lokalisieren.«

»Sehr gute Arbeit, Olaf! Ich wusste, dass du es schaffst. Schick mir den Standort auf mein Smartphone, ich fahre sofort los!«, sagte Kommissar Redlich. Noch bevor er den Motor seines Wagens gestartet hatte, bekam er die Standortdaten zugeschickt. Er wollte unbedingt vor dem Eintreffen des SEKs und der Spurensicherung am Tatort sein. Schließlich ging es um seinen Job.

Kapitel 28

Als Luzius dem Endziel seines Plans ein Stück nähergekommen war und Laura in die Wanne gelegt hatte, um den finalen Live-Stream vorzubereiten, stolperte er über eine Schlagzeile im Internet. Offenbar hatte man seine höheren Motive endlich erkannt. Sogar der ermittelnde Kommissar vom Berliner LKA hielt ihn scheinbar für ein hochintelligentes Genie, das nicht ohne Grund eine Spur zum Vorstand von *LifeCrop* gelegt hatte.

Doch die Meldung, dass die Berliner Polizei bereits dabei war, bestimmte Datensignaturen zurückzuverfolgen, ließ ihm keine Ruhe. Er machte nie Fehler. Es war nahezu ausgeschlossen, dass jemand seinen VPN-Tunnel lokalisieren konnte. Doch die starken Selbstzweifel führten letztendlich dazu, dass er sich erneut in alle Systeme einloggte und die Programm-Skripte mit manuellen Anfragen überprüfte. Wieder und wieder ließ er Datenbankabfragen und weitere Sicherungsmaßnahmen laufen. Wieder und wieder durchforstete er die Systeme nach möglichen Datenspuren, die ihn eventuell verraten könnten.

Den Tor-Browser hatte er bereits mehrfach aktualisiert und sämtliche Protokolle gelöscht, als ihm plötzlich der verwesende Gestank des blubbernden Bioreaktors in die Nase stieg. Offenbar hatte die exponentielle Wachstumsphase aerober Bakterien, die sich auch auf Blutagar kultivieren ließen, bereits früher begonnen, noch bevor die Nematoden richtig anwachsen konnten. Es lief also anscheinend doch nicht alles nach Plan. Luzius wurde wütend. Er ließ Laura im eiskalten Wasser zurück. Dann stapfte er die Kellertreppe hinauf, um einen kurzen Waldspaziergang einzulegen. Die frische Waldluft tat im gut. In der Natur fühlte er sich geborgen, alles hing mit allem zusammen. Genau wie er selbst irgendwann, würde auch Laura einen heldenhaften Tod sterben, der jegliche Qualen rechtfertigte. Das Mondlicht schien durch die Baumkronen hindurch, ein leuchtender Strahl umriss die Silhouette eines Baumpilzes.

Als Luzius auf den Pilz schaute, schossen ihm tausende Gedanken durch den Kopf. Pilze wuchsen nicht nur hier im Wald, sie verursachten auch Krankheiten, sogenannte Mykosen. Die Mukormykose, umgangssprachlich auch als »Schwarzer Pilz« bezeichnet, wurde durch einen Pilz der Ordnung Mucorales verursacht. Der Schimmelpilz ließ das Gewebe von immungeschwächten Infizierten schwarz verfärben und absterben.

Die bevorstehende Klimakrise würde die Temperaturen derartig stark ansteigen lassen, dass sich bestimmte pathogene Schimmelpilzarten wie Mucorales schon sehr bald daran adaptieren würden. Vom Äquator ausgehend würden sich neuartige Pilzinfektionen dann immer weiter nach Norden ausbreiten und schwere Krankheitswellen auslösen. Der menschliche Körper wäre dann nicht mehr dazu in der Lage, die Pilzinfektionen mit Fieber zu bekämpfen, da sich die Pilze bereits an die hohen Temperaturen gewöhnt hätten. Selbst aus harmlosen Schimmelpilzarten würden durch Anpassung innerhalb von Dekaden humanpathogene Mykose-Erreger entstehen, gegen die der Mensch ohne passende Antimykotika machtlos wäre. Während es bei früheren Massenaussterben zehntausende Jahre gebraucht hatte, um derart hohe Kohlendioxid-Konzentrationen hervorzurufen, schaffte es der Mensch nach der Industrialisierung innerhalb von Dekaden.

Der Mensch war das einzige Tier, das sich bewusst selbst vernichtete, mit diesem Gedanken wendete sich Luzius vom Baumpilz ab. Er wollte noch etwas Feuerholz sammeln und anschließend in die Waldhütte zurückkehren, als ihm plötzlich ein parkendes Fahrzeug ins Auge fiel. Offenbar hatte man bereits nach ihm gesucht. Er durfte keine Zeit verlieren. Das Feuerholz ließ er sofort fallen, dann stapfte er zurück zur Hütte. Was auch immer ihn im Keller erwarten würde, es war besser, die Perücke anzulegen und ein Küchenmesser mitzunehmen.

Kapitel 29

Am späten Abend erreichte Kommissar Redlich die Waldhütte. Er ließ seinen Wagen neben einem weißen Transporter stehen, der ihm zuvor verdächtig vorgekommen war. Über Funk gab er das Nummernschild des Transporters an die Einsatzkräfte der Leitstelle weiter, um den Fahrzeughalter zu identifizieren. Kurz darauf brach der Funkkontakt zur Leitstelle komplett zusammen, offenbar ein Zeichen schlecht ausgebauter Kommunikationsnetze.

Um keine kostbare Zeit zu verlieren, beschloss Kommissar Redlich, die Waldhütte mit gezogener Waffe im Alleingang zu betreten. Zunächst umrundete er die Hütte langsam in gebückter Haltung. Die kleine Hütte verfügte über genau zwei milchig-trübe Fensterscheiben, durch die er hindurchschauen konnte. Das Feuer im Kamin war bereits erloschen, nur die rötliche Glut ließ den Raum etwas erhellen. Auf dem Holztisch vor dem Kamin lag eine Perücke, links daneben etwas Lippenstift. Vorsichtig schlich er zur Eingangstür, dabei knatschte der Holzboden unter seinen Füßen. Angetrocknete Blutspritzer am Eingangsbereich ließen sein Herz spürbar höherschlagen. Hinter dieser Tür verbarg sich das Grauen, jeglicher Zweifel war soeben verflogen. Die Tür war nicht abgeschlossen. Mit dem Mündungsstück seiner Pistole stieß er die Tür auf, blitzschnell inspizierte er jede Ecke des Raums. Sein Blick richtete sich sofort auf den Kamin, wo ebenfalls Bluttropfen klebten, diese waren jedoch sehr viel frischer. Eine schmale Schleifspur aus Blut und Erbrochenem zog sich vom Kamin hinüber zu einer unscheinbaren Kellertür. Plötzlich wurde er hellhörig. Hinter der Tür schien sich etwas zu befinden. War es das leise Summen eines Stromgenerators?

Behutsam führte er seine Hand zum Türgriff. Ein leichter Gegendruck genügte, um die hölzerne Kellertür zu öffnen. Er setzte einen Fuß nach dem anderen, sofort schoss ihm ein verwesender Gestank in die Nase. Unten angekommen, schaute er auf einen blubbernden Behälter, der mit rötlichem Inhalt gefüllt war. Das Umgebungslicht flackerte nur ganz schwach, doch es war hell genug, um die Silhouette einer großen Wanne erkennen zu lassen. Leise schlich er sich mit gezogener Pistole an die Wanne heran, doch was er dort vorfand, ließ ihn zutiefst erschaudern.

»Oh mein Gott, geht es Ihnen gut?«, fragte Kommissar Redlich aufgelöst. Laura zitterte am ganzen Körper. Offenbar hatte sie stundenlang im eiskalten Wasser ausharren müssen. Ihre Lippen waren bereits blau angelaufen, ein Anzeichen für die einsetzende Unterkühlung. Kommissar Redlich hob ihren zierlichen Körper aus dem blutgetränkten Badewasser. Dann legte er sie auf den steinigen Kellerboden, griff nach dem Skalpell, das auf dem Tisch daneben lag. Mit der scharfen Klinge durchtrennte er sämtliche Kabelbinder, mit denen Lauras Hände hinter dem Rücken zuvor fixiert worden waren. Sogar die Fußgelenke hatte dieses kranke Schwein ihr zusammengebunden. Es hatten sich bereits blutige Einschnürungen gebildet. Ob sich die Blutspuren vor dem Kamin damit erklären ließen?

Das ratternde Ermittlerhirn von Kommissar Redlich hatte keine Zeit, um sich mit dieser Frage zu beschäftigen. Stattdessen zog er seine Jacke aus und warf sie Laura über die Schultern. Stützend half er Laura dabei, die Kellertreppe hinaufzugehen. Er würde später zurückkommen, um alle Spuren zu sichern. Urplötzlich knatschten die alten Holzdielen in der Waldhütte. Laura und er waren noch nicht ganz am oberen Kellerausgang angekommen. Das Restlicht des Kamins war bereits vollständig erloschen, nur die gedimmten Strahlen des Mondscheins warfen kleine Schatten auf die Treppenstufen.

Wie aus dem Nichts öffnete sich die Kellertür mit einem lauten Donnern, völlig überraschend stürmte ein in Frauenkleider gehüllter Mann mit Perücke die Kellertreppe von oben hinab. In der rechten Hand hielt er ein großes Küchenmesser, dessen glitzernde Schneide vom Mondschein reflektiert wurde. Im Affenzahn polterte der Fremde mit gehobener Messerklinge direkt auf Laura zu. Gerade noch rechtzeitig konnte Kommissar Redlich seinen linken Arm vorschieben, sodass die scharfe Messerklinge nicht Lauras Hals, sondern nur den Arm des Kommissars erwischte. Blut spritzte. Kommissar Redlich stieß einen Schmerzschrei aus, im gleichen Moment verpasste er dem Angreifer mit der rechten Faust einen Schlag in die Magengrube. Der Angreifer krümmte sich nun ebenfalls vor Schmerz. Kommissar Redlich nahm Laura wieder in seine Obhut, um mit ihr weiter in Richtung Kellerausgang zu humpeln. Nachdem sie endlich den Ausgang erreicht hatten, stemmte er sich mit ganzer Kraft gegen die Kellertür. Der Angreifer hämmerte gegen die Tür. Dann verstummte das Hämmern ganz plötzlich. Kommissar Redlich wähnte sich bereits in Sicherheit, als ihm innerhalb von Sekundenbruchteilen die Kellertür entgegenschoss. Ein dumpfer Schlag traf den Kommissar am Kopf. Er verlor sofort das Bewusstsein.

Kapitel 30

Einige Stunden nach dem Vorfall wurde Kommissar Redlich von seiner Kollegin Anna-Maria Montag geweckt. Sie war zusammen mit den Einsatzkräften vom SEK gekommen, um die Hütte zu stürmen. Doch was sie vorfanden, war nicht das, was sie erwartet hatten. Kommissar Redlich lag bewusstlos mit einer Platzwunde am Boden.

»Was ist passiert?«, fragte Anna. Kommissar Redlich brauchte einen Moment, um zur Besinnung zu kommen. Erst als er realisierte, dass ihn der Täter überwältigt hatte, stieg ein Gefühl von einsetzender Wut und Hilflosigkeit in ihm auf.

»Habt ihr Laura?«, fragte Kommissar Redlich aufgebracht. Anna schüttelte den Kopf. Sie machte ihm keine Vorwürfe, schließlich hatte Kommissar Redlich die Einsatzleitung und damit auch die Verantwortung für den Fall übernommen. Er war der einzige Polizist, der mutig genug war, um es ohne fremde Hilfe mit dem Täter aufzunehmen.

Gemeinsam stiegen Sie die Kellertreppe hinab. Kommissar Redlich schilderte den genauen Tathergang. Währenddessen war bereits ein Team aus Ermittlern dabei, die Kellerräume nach weiteren Spuren zu durchsuchen. Einer der Kollegen meldete sich direkt zu Wort.

»Der Täter hat womöglich ein weiteres Opfer auf dem Gewissen. Wir überprüfen noch die Identität des Mannes, aber es könnte sich um das Körperteil eines vermissten Waldarbeiters handeln. Wir haben den Jeep des Opfers unweit des Tatortes gefunden.«

Der Ermittler deutete auf den blubbernden Bioreaktor, in dem das abgetrennte Bein inkubierte und einen bestialischen Gestank ausströmte. Kommissar Redlich musste sich bei dem Anblick ein Taschentuch vor das Gesicht halten.

»Was zur Hölle ist das?«, fragte er. Der Ermittler zuckte mit den Schultern.

»Das wissen wir noch nicht. Wir befürchten, dass

es sich um das Körperteil des Waldarbeiters handelt. Wir werden das Blut aus dem Bioreaktor mit den anderen Blutspuren abgleichen und nach der Leiche suchen«, sagte der Ermittler von der Spurensicherung. Kommissar Redlich nickte.

»Sonst noch irgendwelche Auffälligkeiten?«

»Ich weise Sie nur ungern darauf hin, aber sehen Sie die kleinen Würmer da?« Der Ermittler deutete auf die frisch geschlüpften Nematoden im Reaktor hin, die sich vom menschlichen Blut ernährten. Dann ergriff Anna das Wort. Mit wissenschaftlichen Themen kannte sie sich besser aus.

»Wir vermuten, dass der Täter die Parasiten an einen menschlichen Wirt adaptieren wollte. Normalerweise ist der Mensch für viele Parasiten eine Art Fehlwirt. Kommt es jedoch zu Mutationen im Genom der Parasiten, können sie sich besser an die neue Umgebung anpassen. Durch natürliche Selektion überleben dann nur jene Parasiten, die ihren Stoffwechsel umgestellt haben. Es scheint so, als wollte der Täter die Evolution seiner kleinen Forschungsobjekte beschleunigen, indem er sie ausschließlich mit menschlichem Blut fütterte.«

»Und das klappt?«, fragte Kommissar Redlich erstaunt.

»Das wissen wir noch nicht. Wir werden den genauen Parasiten-Stamm im Labor analysieren und einen Parasitologen hinzuziehen. Womöglich handelt es sich um eine seltene tropische oder subtropische Hakenwurm-Art, die sich bereits an den Menschen adaptiert hat. Ich vermute, es könnte sich dabei um *Necator americanus* oder *Ancylostoma duodenale* handeln. Beides humanpathogene Auslöser der Ancylostomatidose. Es könnte auch sein, dass der Täter bereits eine Subkultur der Parasiten-Eier besitzt, mit dem er potentiellen Schaden anrichten könnte. Die entsprechenden Behörden wurden bereits informiert. Es geht jetzt nicht nur um Laura, sondern auch um die öffentliche Sicherheit.«

Kapitel 31

Eine große Menschengestalt mit Perücke und Lippenstift stieg aus dem weißen Transporter. Es war ein kühler Morgen. Luzie hatte die Nacht nicht geschlafen. Es musste alles vorbereitet werden für den finalen Akt. Die Ermittler vom LKA hatten das Versteck ausfindig gemacht, aber die drei kostbarsten Dinge nicht beschlagnahmt. Laura hockte im hinteren Abteil des Transporters, Luzie hatte sie erneut mit Kabelbinder fixiert, sodass sie nicht fliehen konnte.

Eine Probe aus dem Bioreaktor befand sich in einem verschlossenen Reaktionsgefäß, daneben lag der biochemische Lockstoff. Nur eine passende Plastikwanne konnte Luzie so schnell nicht auftreiben. Nachdem Kommissar Redlich bewusstlos geworden war, schnappte sich Luzie die Chemikalien und den Kabelbinder. Töten wollte Luzie den Kommissar nicht, schließlich hatte er zuvor nur gute Nachrichten über Luzius verbreitet.

Dass jedoch die Waldhütte nicht mehr als Versteck dienen konnte, war ein herber Rückschlag. Andererseits war die schlechte Internetleitung auch nicht dafür geeignet, das Spektakel live in Echtzeit zu übertragen. Insofern blickte Luzie zuversichtlich nach vorn. Luzie hatte schließlich eine Botschaft zu verkünden. Es ließ sie kalt, als Laura sie anflehte und um Gnade bat.

In einem Baumarkt, der sich weit draußen im nördlichsten Teil von Brandenburg befand, wollte Luzie schnellstmöglich das fehlende Material einkaufen. Für die vornehmlich weißen Rentnerinnen und Rentner war es ein kleiner Kulturschock, als Luzie, offensichtlich ein transsexueller Mann mit Perücke und Lippenstift, in den Baumarkt ging, um eine große Plastikwanne zu kaufen. Die Blicke, die Luzie auf sich zog, waren ihr unangenehm.

»Was starrt es mich so an?«, fragte Luzie eine alte Dame, die perplex stehenblieb und kein einziges Wort über die Lippen brachte.

»Altes dummes Weib, hat Unmengen an natürlichen Ressourcen verschwendet, unzählige Kreuzfahrten und Pauschalreisen gebucht, Tonnen an Fleisch verzehrt, ein Leben für hundert afrikanische Frauen gelebt. Und jetzt zeigt es keine Toleranz für die Prophetin, altes dummes Weib!«

Luzie wendete sich wieder von der alten Dame ab. Luzie konnte es sich nicht erlauben, eine größere Eskapade zu veranstalten. Vermutlich wurde bereits unter Hochdruck nach Luzius gefahndet. Umso sicherer fühlte sich die weibliche Identität für sie an. Luzie blieb nur wenig Zeit, um alle notwendigen Einkäufe zu erledigen.

Nachdem sie eine geeignete Plastikwanne gekauft und zum Transporter getragen hatte, wartete sie noch einen Moment, bevor sie die Hintertür aufschloss. Luzie wollte nur ungern riskieren, dass Zeugen einen Blick in den Innenraum werfen konnten. Sie zog schon genug Aufmerksamkeit auf sich. Als dann niemand mehr auf dem Parkplatz zu ihr schaute, riss sie die Tür auf. Blitzschnell schmiss sie die Wanne in den Laderaum. Laura hatte einen Knebel im Mund und war zu schwach, sie versuchte gar nicht erst zu schreien. Vielleicht hatte man den Transporter verfolgt oder bereits zur Fahndung ausgeschrieben. Laura hoffte so sehr, dass der Kommissar noch am Leben war, um sie zu finden.

Kapitel 32

Kommissar Redlich wurde direkt im Krankenwagen behandelt. Seine Schnittwunde am Arm musste zum Glück nicht genäht werden. Es genügte ein schlichter Verband. Auch die Platzwunde am Kopf blutete nicht mehr. Kommissar Redlich war ein zäher Hund. Was einen normalen Menschen ins Krankenhaus gebracht oder gar getötet hätte, hinterließ bei Kommissar Redlich kaum großen Schaden. Der Job als Polizist war genau das Richtige für ihn. Wäre er nicht damals beim LKA angenommen worden, hätte er seine Karriere bei der Bundeswehr absolviert. Dort hatte er zur Überbrückung einige Jahre als Zeitsoldat gedient und Erfahrungen im Nahkampf gesammelt.

Schon damals hatte er gelernt, dass der Schmerz nur dann existierte, wenn man sich ihn ins Bewusstsein holte. Es war eine Art Achtsamkeitstraining, das seine Resilienz stärkte. Genau fünf Jahre war es nun her, dass seine Frau ganz plötzlich an einer schweren Krankheit verstarb. Zusammen hatten sie viele Pläne geschmiedet. Sie wollten sich zusammen ein Haus im Berliner Umland kaufen und Kinder bekommen. Doch dann kam die schreckliche Diagnose. Die Welt von Kommissar Redlich stürzte wie ein Kartenhaus in sich zusammen. Alkohol half ihm nur vorübergehend, langfristig vergrößerte das regelmäßige Trinken jedoch seine Probleme.

Es gab eine Zeit kurz nach dem frühen Tod seiner geliebten Ehefrau, da wollte er mit allem Schluss machen. Er hatte eine Überdosis Schmerzmittel geschluckt und dazu eine Flasche Whisky geext, als kurz darauf ein Anruf von der Leitstelle eintraf. Es ging um eine Entführung und man setzte bei den Ermittlungen auf die Fähigkeiten von Johannes Redlich. Er sollte mit dem Entführer verhandeln und ihn dazu bringen, das Opfer freizulassen. In jenem Augenblick wusste Kommissar Redlich, dass er einen schweren Fehler begangen hatte. Er war zu egoistisch und zu selbstsüchtig, um den wahren Grund seiner Existenz zu erkennen. Er lebte nicht nur für sich, sondern auch für andere Menschen. Was die Gesellschaft ihm gab, musste er der Gesellschaft zurückgeben. Seine Bestimmung war es, Schwerverbrecher hinter Gitter zu bringen. Und allein für diesen Zweck lohnte es sich, weiterzumachen. Denn der Schmerz, der ihm widerfuhr, als seine geliebte Frau von ihm ging, sollte so wenigen Menschen wie möglich widerfahren. In jenem Augenblick realisierte er, dass die Schmerzmittel, die er zuvor genommen hatte, noch nicht verdaut waren. Er rannte zur Toilette, steckte sich den Finger in den Hals und erbrach. Nicht nur brennender Alkohol und bitterer Pillengeschmack verließen seinen Körper, auch seine Seele wurde befreit.

Einige Zeit später fand er in Anna-Maria Montag eine gute Kollegin, mit der er ein freundschaftliches Verhältnis pflegte. Sie war es auch, die sich als erstes nach ihm erkundigte, damals wie heute. Kurz nachdem die Sanitäter die Schnittwunde an seinem Arm versorgt hatten, kam Anna zum Krankenwagen geschlichen. Sie trug ihre braun gelockten Haare offen. Auf eine Dienstuniform verzichtete sie aus Prinzip, stattdessen war sie stets unauffällig gekleidet und nur selten geschminkt.

»Geht es dir gut, Johannes?«, erkundigte sie sich besorgt. Johannes nickte. Es tat gut, jemanden wie sie an seiner Seite zu haben.

»Habt ihr noch etwas am Tatort finden können?«, fragte er.

»Wir haben Haarproben in dem Jeep des Waldarbeiters gefunden und diese umgehend ins Labor geschickt. Der Fall hat jetzt höchste Priorität und wird vom Kriminaltechnischen Institut des LKA unter Hochdruck bearbeitet. Untersucht wird, ob die Blutspuren zum abgetrennten Körperteil passen und dem Waldarbeiter gehören. Leider ist das aber noch nicht alles …«, sagte Anna vorsichtig.

»Schieß los!«, erwiderte Kommissar Redlich. An Annas Mimik konnte er jedoch erkennen, dass es keine guten Nachrichten waren, die auf ihn warteten.

Kapitel 33

Laura schrie und strampelte, als Luzie sie in die Plastikwanne zerrte. Mit aller Kraft kämpfte Laura dagegen an. Auf einmal holte Luzie eine große Spritze hervor, in dessen vorderer Impfnadel sich ein Mikrochip befand. Luzie rammte die Nadel in Lauras Arm.

»Es soll aufhören zu schreien!«, befahl Luzie. Laura zappelte, ihr Magen war leer und schmerzte. Sie konnte sich nicht mehr daran erinnern, wann sie zuletzt etwas gegessen hatte. Vielleicht waren es bereits die Parasiten, die ein brodelndes Gefühl in ihrem Oberbauch auslösten. Die Bauchschmerzen waren so stark, dass sie gar nicht bemerkt hatte, an welcher Stelle im Arm sie die Nadel traf. Schließlich gab sie nach.

»So ist gut …«, lobte Luzie sanft mit erhobener Frauenstimme. Erneut fischte Luzie zwei Kabelbinder aus der Tasche, um Laura damit an die eingebohrte Aussparung der Wanne zu fixieren. Aus einem separaten Kanister ließ sie kaltes Wasser auf Lauras blasses Gesicht plätschern. Plötzlich bekam Laura eine starke Panikattacke. Sie war eingesperrt in einem kleinen Laderaum, ihre beiden Arme konnte sie kaum noch bewegen und die festgezogenen Kabelbinder kniffen ihr ins nackte Fleisch. Nur ihr Genitalbereich und ihre Brüste waren noch mit etwas Stoff bedeckt. Luzie wollte unbedingt verhindern, dass der Stream wegen pornografischer Inhalte automatisch gesperrt wurde.

Lauras Panikattacke verschlimmerte sich, der ansteigende Wasserspiegel ließ sie aufgeregt nach Luft japsen. Im dunklen Laderaum des Transporters roch es miefig warm nach einer Mischung aus abgestandener Luft und Schweiß. Sofort erinnerte sie sich an jenem Moment zurück, als sie damals in einem stickigen Raum des Schulgebäudes eingesperrt und über Nacht vergessen wurde.

***

Alle Schülerinnen und Schüler der Oberstufe waren bereits von ihren Eltern abgeholt worden. Nur Laura wartete noch darauf, dass auch sie endlich jemand mitnehmen würde. Ihre Mutter hatte es ihr versprochen, pünktlich um Sechzehn Uhr wollte sie mit dem Familienauto vor der Schule auf Laura warten. Doch auch kurz vor siebzehn Uhr war noch niemand da. Laura bekam langsam Hunger, in ihrem Schulranzen fand sie noch ein trockenes Käsebrot, das sie nur widerwillig mit viel Wasser hinunterspülen konnte. Der einsetzende Harndrang ließ nicht lange auf sich warten. Zunächst trappelte sie noch auf dem leeren Pausenhof herum, doch irgendwann wurde der Harndrang einfach zu groß. Sie rannte zu einem der beiden Schuleingänge. Nachdem sie die Türklinke nach unten gedrückt hatte, musste sie enttäuscht feststellen, dass der Eingang bereits abgeschlossen war. Ihre Blase drückte immer stärker, sie konnte es kaum noch halten. Eilig hastete sie hinüber zum zweiten Schuleingang. Dieser war tatsächlich noch offen, obwohl alle Lichter im Innenraum bereits erloschen waren. Zum Glück war es draußen noch für einige Stunden hell, das hereinfallende Licht wies ihr den Weg zu den Toiletten. Sie stolperte mit verkrampften

Beinen in eine der leeren Kabinen hinein. Endlich konnte sie sich entspannen und den Druck ablassen. Es fühlte sich so unfassbar befreiend an, dass sie kaum etwas um sich herum bemerkte. Auch nicht das Geräusch eines klimpernden Schlüsselbundes. Nachdem sie gespült hatte, sich die Hände wusch und abtrocknete, fiel plötzlich die Lüftung aus. Sofort wurde der Frischluftzustrom unterbrochen, was dazu führte, dass die Gerüche von Kot und Urin ihr in die Nase stiegen. Die Toiletten wurden immer erst am kommenden Tag kurz vor Schulbeginn gereinigt, entsprechend schlecht war der Zustand am Abend zuvor. Laura war heilfroh, dass sie es nicht länger in diesem stinkenden Raum aushalten musste. Durch die kleine Verglasung an der Toilettentür fiel immerhin noch etwas Tageslicht herein, aufgrund anstehender Energiesparmaßnahmen hatte man die Beleuchtung innerhalb des Schulgebäudes nach Siebzehn Uhr jedoch ausgestellt. Ihr Herzschlag setzte für einen kurzen Moment aus, als sie die verschlossene Tür öffnen wollte. Dann folgte ein Gefühl, das sie noch nie zuvor erlebt hatte. Ein Gefühl der Enge, des vollständigen Kontrollverlusts. Plötzlich einsetzende Panik. Sie saß hier fest. Würde man sie jemals finden? Sie hämmerte gegen die Tür. Keine Gegenreaktion. Sie brüllte um Hilfe. Keine Antwort. Die Luft wurde stickig, so stickig, dass sie dagegen anatmen musste. Sie atmete, sie atmete tief und immer schneller. Ihr wurde kurz schwindelig. Dann ein beängstigender Gedankenblitz. Wenn sie jetzt in Ohnmacht fallen würde, wer käme ihr dann zu Hilfe? Niemand. Denn niemand wusste, dass sie hier war. In ihrem Blut hatte sich zu viel Sauerstoff angesammelt, sie hyperventilierte, verlor das Bewusstsein und sackte in sich zusammen. Am nächsten Morgen fand man sie durchgeschwitzt auf dem kalten Fliesenboden. Die Reinigungskräfte hatten sich sofort um sie gekümmert, sie liebevoll geweckt und mit einem kalten Glas Wasser bemuttert. Ihre Eltern waren krank vor Sorge, sie hatten bereits in Erwägung gezogen, mitten in der Nacht die Polizei zu verständigen und eine Vermisstenanzeige aufzugeben. Letztendlich sahen sie aber davon ab, was wohl auch am schlechten Gewissen der Mutter lag, die es aus beruflichen Gründen verpasst hatte, Laura pünktlich von der Schule abzuholen. Als sie kurz nach Siebzehn Uhr vor der Schule auf sie gewartet hatte und Laura nirgendwo zu sehen war, ging sie fest davon aus, dass Laura bei einer ihrer Freundinnen war. Laura ging nach der Schule regelmäßig dorthin. Oft rief sie dann am Abend noch kurz über Festnetz an, dass sie bei ihrer Freundin übernachten würde. Doch an jenem Abend kam kein Anruf. Was folgte, war ein wilder Streit zwischen den Eltern darüber, ob man Laura ein eigenes Mobiltelefon kaufen solle. Der Vater war dafür, die Mutter dagegen. Als Laura dann am nächsten Morgen endlich von ihren besorgten Eltern abgeholt wurde und den ganzen Tag über schulfrei bekam, fuhren ihre Eltern mit ihr zu einem Elektronikfachmarkt. Dort kauften sie ihr ein iPhone. Die Freude darüber hielt nicht lange an, letztendlich hatte sich der Vorfall am Vorabend zu einem herben Streit zwischen beiden Eltern entwickelt. Der Vater warf der Mutter vor, nie für Laura da zu sein und immer nur an die eigene Karriere zu denken. Irgendwann kamen dann sogar geheime Liebschaften der Mutter ans Licht, was im Laufe der nächsten Tage zur Trennung der Eltern führte. Für Laura hatte sich jener Schlüsselmoment in der Schule bereits tief ins Gedächtnis eingebrannt. Sie war schuld an der Trennung ihrer Eltern. Wenn sie nicht in der Schultoilette übernachtet hätte, wären ihre Eltern vielleicht noch zusammen.

***

Manchmal, wenn der innere Drang nachließ, eine Frauenrolle zu spielen, verspürte Luzius den Wunsch, in Flammen aufzugehen und für die Sünden bestraft zu werden. Er hatte sehr oft solche Phantasien. Sobald er Frauenkleider anzog und Schminke auftrug, grenzte er sich vom charmanten Luzius ab. Der charmante Luzius musste immer stark und potent sein, doch hinter der Fassade brodelte es. Er sah das Chaos in der Welt. Mit jeder neuen Schreckensmeldung spaltete sich ein weiterer Teil seiner Persönlichkeit ab, bis letztlich Luzie übrigblieb, eine rachsüchtige und von Untergangsphantasien durchtriebene Gestalt. Luzius rechnete bereits mit seiner Verhaftung. Doch bevor es dazu kommen sollte, musste er seine Botschaft verkünden. Hierfür hatte er einen apokalyptisch anmutenden Zusammenschnitt der bevorstehenden Umweltkrise als Video vorbereitet. In einer Art Endlosschleife liefen Bilder von Waldbränden, Wirbelstürmen, Sturzfluten und gefräßigen Schädlingspopulationen auf einem flackernden Bildschirm. Die Kamera hatte Luzius so positioniert, dass Laura gefilmt wurde und der Bildschirm im Hintergrund zu sehen war. In nahezu erdrückender Atmosphäre ließ er die Bilder im Zeitraffer ablaufen. Oberhalb der Plastikwanne montierte Luzius einen Scheidetrichter mit Ventil, welchen er zuvor mit einer biochemischen Lösung gefüllt hatte, die den Lockstoff enthielt. Nach dem Zutropfen der Lösung sollten die Saugwürmer mit ihren kleinen Mundwerkzeugen Laura von innen heraus zerfressen. Bevor er den Live-Stream startete, übte er den Monolog vor der

Kamera. Das Manifest hatte er zuvor akribisch notiert, jedes einzelne Wort sollte seine volle Wirkung entfalten.

Kapitel 34

»Oh mein Gott, das müssen Sie sich umgehend anschauen, Herr Kommissar!«, sagte einer der Mitarbeiter vom LKA mit angewiderter Mine zu Johannes Redlich. Im Morgengrauen hatte man die blutüberströmte Leiche des Waldarbeiters oder was noch davon übriggeblieben war, an einer Lichtung unweit der Hütte gefunden. Der Kadaver des Mannes, dem offensichtlich das linke Bein fehlte, war bis zur Unkenntlichkeit verunstaltet.

»Was zur Hölle?«, krächzte Kommissar Redlich erschrocken, als er die Lichtung erreicht hatte und auf die Umrisse des Toten blickte. Offenbar hatten sich Wildschweine über Nacht am Kadaver vergangen und das tote Fleisch mit ihren scharfen Zähnen abgeschabt. Bissspuren am ganzen Körper deuteten darauf hin. Kommissar Redlich nickte und betrat den abgesperrten Bereich.

»Das Opfer war bereits an der Beinwunde verblutet, noch bevor die Wildschweine den Kadaver so zurichten konnten, vermuten unsere Ermittler von der Mordkommission ...«, sagte der LKA-Mitarbeiter zu Kommissar Redlich.

»Das abgetrennte Bein, das wir in einem Bioreaktor im Keller der Waldhütte sichergestellt haben, gehört womöglich dem Toten. Wir glauben, dass der Täter eine Säge benutzt hat ...«, schob er hinterher.

Dann klingelte plötzlich das Diensthandy von Kommissar Redlich.

»Wir haben die Tatwaffe soeben gefunden ...«, sagte Anna. Kommissar Redlich hielt kurz inne. Anna fuhr mit ihren Ausführungen fort.

»Es war offenbar eine Kettensäge der Marke *Stihl*, die vom Täter zur Abtrennung der Gliedmaßen verwendet wurde. Wir haben das Tatwerkzeug vor fünf Minuten in einem Gebüsch neben der Waldhütte sichergestellt.«

»Sehr gute Arbeit!«, lobte er Anna, als plötzlich ein weiterer dringender Anrufer anklopfte. »Warte bitte, mich ruft gerade der Polizeipräsident an, ich muss auflegen ...«, sagte Kommissar Redlich zu seiner Kollegin.

Kapitel 35

Wenige Stunden zuvor hatte Luzius seinen Monolog in die Kamera gesprochen:

»Die globale Virus-Pandemie hat euch schmerzhaft vor Augen geführt, wie fragil eure menschliche Existenz ist. Euer Lebensstil trägt dazu bei, neuartigen Erregern den Übersprung vom Tierreich zu ermöglichen. Eure Gier nach Rohstoffen vernichtet den Regenwald, der den Wildtieren als Rückzugsort dient. Der Kontakt zu den Tieren besiegelt das Ende eurer hedonistischen Gesellschaft. Die Konzentration von klimaschädlichem Kohlenstoffdioxid steigt immer weiter an, Extremwetterereignisse nehmen sprunghaft zu. Auftauende Permafrostböden und ausgasendes Methan sind der Anfang einer sich selbst verstärkenden Klimakatastrophe. Doch ihr macht munter weiter wie bisher. Ihr konsumiert und tut so, als gäbe es keine bevorstehende Klimaapokalypse. Ihr verreist mit dem Flugzeug, verschleppt neuartige Krankheitserreger und verbraucht unnötig viele Ressourcen. Wofür? Für euer eigenes Vergnügen. Während ihr die Zukunft eurer Kinder und Kindeskinder zerstört, ermöglicht ihr anderen Organismen eine explosionsartige Vermehrung. Denn nicht nur neuartige Viren und antibiotikaresistente Bakterien werden euch das Leben zu Hölle machen, auch Pilze, Schädlinge und Parasiten warten nur darauf, eure Lebensgrundlage zu zerstören. Vom Borkenkäfer befallene Wälder sind nur der Anfang. Die Larven der Zerkarien in euren Badeseen, die sich durch eure Haut bohren und einen unangenehmen Juckreiz verursachen, geben euch einen kleinen Vorgeschmack auf die Zukunft. Widerwärtige Parasiten aus tropischen Regionen und Mückenplagen breiten sich immer weiter nach Norden aus. Weil ihr dummen Menschen euch so sehr an den derzeitigen Zustand klammert, habe ich etwas für euch vorbereitet. Laura kennt ihr bereits. Das Wasser steht ihr schon jetzt bis zum Hals. In diesem Scheidetrichter befindet sich ein biochemischer Lockstoff, den ich nun langsam in das Becken tropfen werde. Die gierigen Nematoden in Lauras Magen-Darm-Trakt haben sich bereits tief in ihr eingenistet. Wenn ich dieses Ventil hier langsam öffne und den Lockstoff in das Badewasser eintropfe, werden sich die Saugwürmer durch ihren Körper fressen und sie qualvoll verenden lassen. Diese Bilder werden euch dazu bewegen, endlich umzudenken. Laura opfert sich als Märtyrerin für euch, lasst sie nicht umsonst sterben, werdet Teil der Veränderung!«, schwafelte Luzius.

Nachdem er das Manifest probehalber eingelesen hatte, schaute er in die verängstigten Augen von Laura, die nicht annähernd begriff, was sie soeben gehört hatte. Offenbar gab es jedoch ein technisches Problem. Luzius fluchte über die schlechte Internetverbindung und den mangelhaften Ausbau im ländlichen Raum. Dies zwang ihn dazu, weitere Komponenten für eine bessere Live-Übertragung einzukaufen, bevor er seinen Plan endlich in die Tat umsetzen konnte. Um nicht entdeckt zu werden, parkte er den Transporter an einem gut versteckten Ort in einem Waldstück nördlich von Berlin, unweit von Neuruppin. Er hielt es für besser, die fehlenden Bauteile ohne Frauenkleider einzukaufen, da man vermutlich schon nach ihm suchte. Bevor er den Transporter alleine zu Fuß verließ, überprüfte er das GPS-Signal, das vom Mikrochip ausgesendet wurde. Der winzige Chip steckte unauffällig in Lauras Arm. Da sie zwischenzeitlich kurz das Bewusstsein verloren hatte, ahnte sie nicht, dass Luzius sie wie ein entlaufenes Haustier jederzeit überwachen konnte. Luzius benötigte dazu nur eine spezielle Internetadresse, die er sich zuvor fest eingeprägt hatte. Von dieser Adresse, die von jedem internetfähigen Gerät aus erreichbar war, würde er der Polizei niemals ein Sterbenswörtchen verraten. Stattdessen bereitete er einen Bluff vor.

Hierfür notierte er die abgelesenen GPS-Koordinaten mit einem wasserfesten Bleistift per

Hand auf einen kleinen Zettel, den er kurz darauf zusammenfaltete. Er schmunzelte bei dem Gedanken daran, von der Polizei gefasst und durchsucht zu werden. Lange musste er nicht überlegen, um ein passendes Versteck zu finden. Solle die Polizei doch mit ihren Faxgeräten ankommen, dachte Luzius. Nach einer kurzen Verschnaufpause hatte er den kleinen Zettel soweit ins rechte Nasenloch hochgezogen, dass man ihn von außen nicht mehr sehen konnte. Die Nasenschleimhaut hatte das Papier leicht befeuchtet und mit Sekret ummantelt. Luzius musste aufpassen, den Zettel beim Einatmen nicht versehentlich in die Nasennebenhöhlen zu verschleppen. Das wäre nicht nur aus medizinischer Sicht ein Dilemma gewesen, es hätte ihm auch sein einziges Druckmittel im Falle einer Verhaftung gekostet. Technische Geräte trug er keine am Körper, diese ließ er im Transporter zurück. Nachdem er das Waldstück verlassen hatte und an eine Bushaltestelle angelangt war, schaute er auf den Fahrplan. Dann setzte er sich mit durchgestrecktem Rücken auf einen der freien Plätze und legte behutsam die Hände in den Schoß. Gedanklich malte er sich aus, wie ihn die Menschen für seinen Scharfsinn bis in alle Ewigkeit verehren würden. Von Weitem hätte man denken können, er würde meditieren oder mit offenen Augen schlafen. Auf jeden Fall hätte man ihn für einen geisteskranken Psychopathen gehalten, der eigentlich für immer weggesperrt gehört.

Kapitel 36

»Kommissar Redlich am Apparat, was kann ich für Sie tun?«, sagte Johannes zur Begrüßung, als er den Anruf des Polizeipräsidenten entgegennahm.

»Wir haben den Verdächtigen in Neuruppin an einer Bushaltestelle gefasst. Er war alleine unterwegs. Jetzt sagt er kein Wort. Wir brauchen Ihre Hilfe!«

»Was?«, fragte Kommissar Redlich verwundert.

»Unsere Kollegen aus Brandenburg haben den Tatverdächtigen vor wenigen Minuten festgesetzt. Er wurde zur weiteren Befragung in die Polizeiwache Neuruppin verlegt ...«, stellte der Polizeipräsident nüchtern fest.

»Das überrascht mich jetzt …«, sagte Kommissar Redlich.

»Was soll das denn jetzt heißen?«, brüllte der Polizeipräsident.

»Ich kann mir einfach nicht vorstellen, dass der Tatverdächtige sich von gewöhnlichen Dorfpolizisten an einer Bushaltestelle hat festnehmen lassen. Für mich klingt das nach einer Art Falle oder Ablenkungsmanöver. Sind Sie sich ganz sicher, dass es sich wirklich um den Tatverdächtigen handelt?«, fragte Kommissar Redlich.

»Ich werde Ihre Unfähigkeit jetzt nicht weiter kommentieren. Schauen Sie Nachrichten? Die Presse belagert mich seit Tagen. Es geht nur noch um diesen einen Fall, der Innenminister hat mich bereits kontaktiert. Man bittet um schnelle Aufklärung und vertraut darauf, dass dem Mädchen nichts passiert. Ich hoffe, Ihnen ist die Tragweite Ihrer Handlungen bewusst, Redlich!«

»Verstehe, wo befindet sich die Wache?«

»Polizeidirektion Nord in Neuruppin direkt neben dem Ruppiner See. Der Verdächtige befindet sich in Untersuchungshaft. Finden Sie heraus, wo er das Mädchen versteckt hält. Sollten Sie es schaffen, werde ich Sie befördern. Andernfalls sehe ich mich gezwungen, Ihre Stelle neu auszuschreiben. Enttäuschen Sie mich nicht, Redlich!«

Kapitel 37

Nachdem Kommissar Redlich die kleine Polizeiwache am Ruppiner See erreicht hatte, holten die Dorfpolizisten Luzius aus der Zelle. Sie brachten ihn in den kargen Verhörraum und ahnten nicht, dass sie es mit einem listigen Schwerverbrecher zu tun hatten, der jede Gelegenheit blitzschnell für sich nutzen konnte. Entsprechend lax waren die Sicherheitsvorkehrungen.

»So trifft man sich also wieder, Herr Kommissar …«, sagte Luzius mit einem gespenstischen Lächeln im Gesicht, als er in die ernsten Augen von Kommissar Redlich schaute.

»Wo ist Laura?«, fragte Kommissar Redlich. Die Polizisten hatten den Verhörraum bereits verlassen und Luzius zuvor mit Handschellen am Verhörtisch fixiert. Es herrschte eine angespannte Atmosphäre in dem Raum. Kommissar Redlich musste aufpassen, nicht die Beherrschung zu verlieren.

»Viel Zeit bleibt ihr nicht mehr …«, sagte Luzius. »… schade um das vergeudete Leben …«, schob er grinsend hinterher. Zähneknirschend schlug Kommissar Redlich auf den Verhörtisch.

»Wir haben die Leiche des Waldarbeiters gefunden. Sie hätten die Tatwaffe, eine Kettensäge der Marke *Stihl*, nicht einfach achtlos ins Gebüsch werfen dürfen. Dafür bekommen Sie lebenslänglich!«

Das rechte Augenlid von Luzius zuckte. Es signalisierte Kommissar Redlich, einen wunden Punkt getroffen zu haben. Plötzlich deutete Luzius zaghaft seine Kooperationsbereitschaft an.

»Wenn ich Ihnen den Standort verrate, was können Sie dann für mich rausholen?«, fragte Luzius. Sein Grinsen hatte sich zu einer ausdruckslosen Miene verzogen.

»Kommt auf Ihre Forderungen an!«, erwiderte Kommissar Redlich nüchtern.

»Ich nehme an, Sie möchten mich in die Justizvollzugsanstalt Brandenburg verlegen, wo ich aufgrund psychologischer Gutachten in die Sicherungsverwahrung komme. Meine Forderungen klingen aus ihrer Perspektive vielleicht etwas banal. Zunächst bitte ich Sie, Kontakt zu Ihrem Polizeipräsidenten aufzunehmen. Er sollte die Entscheidung darüber treffen, ob meine Forderungen legitim sind. Ich mache es kurz. Den Standort des Mädchens verrate ich Ihnen nur, wenn ich während meiner Verlegung ein internetfähiges Smartphone zur Verfügung gestellt bekomme. Selbstverständlich werde ich das Smartphone nach meiner Ankunft wieder abgeben. Ich möchte auf meiner letzten Reise nur ein wenig recherchieren, wie die Presse über mich berichtet hat. Schließlich bin ich jetzt ein berühmter Mann, der in die Geschichtsbücher eingehen wird.«

Kommissar Redlich nickte. Er interpretierte die Forderung von Luzius so, dass er unter einer narzisstischen Persönlichkeitsstörung litt und sein Geltungsdrang stärker war, als die Angst vor dem Gefängnis.

»Ich werde jetzt im Polizeipräsidium anrufen und mich an meinen Teil der Abmachung halten. Das Gleiche erwarte ich auch von Ihnen!«, sagte Kommissar Redlich. Keine fünf Minuten später hatte Kommissar Redlich das telefonische Einverständnis des Polizeipräsidiums erhalten, sogar der Innenminister höchstpersönlich war über den Deal in Kenntnis gesetzt worden.

»Wir haben das Einverständnis des Präsidiums. Die Kollegen besorgen Ihnen gerade ein internetfähiges Smartphone. Der Justizbus wird bald hier eintreffen. Wo ist Laura?«, fragte Kommissar Redlich mit ernster Miene.

»Ich habe also Ihr Wort, Herr Kommissar?«, fragte Luzius konternd. Kommissar Redlich nickte. Dann drückte er auf die Aufnahmetaste der Kamera, um das Geständnis als Beweismaterial zu sichern. Luzius genoss die Aufmerksamkeit der angeschalteten Kamera. Für ihn war das Geständnis wie eine Art Konservierung seiner Taten für die Nachwelt. Und so nutzte er die folgenden Minuten, um seine Motive ausführlich zu erklären.

»Ich verfolge einen sehr viel höheren Plan, dessen Vollendung noch nicht vollständig abgeschlossen ist. Sollte ich nicht mehr dazu in der Lage sein, werden sich meine Jünger erheben und für Gerechtigkeit sorgen. Ich töte niemals aus niederen Beweggründen. Der Waldarbeiter stand nicht nur meinen Zielen im Weg, er hatte sich mit seiner zerstörerischen Tätigkeit und dem Raubbau an der Natur auch selbst schuldig gemacht. Genau wie diese Tankstellenverkäuferin Monica, unterste Gehilfin des fossilen Systems und damit ebenfalls schuldig. Ich war nur ein stiller Zuhörer und spielte die menschlichen Schwachstellen genussvoll gegeneinander aus. Es ist leicht, Menschen zu manipulieren und ihnen jene Taten aufzuoktroyieren, die mir vorschweben. Ihr denkt, Ihr wäret im Recht und müsstet nur die Öl-Lobbyistin Laura retten, damit wieder Gerechtigkeit herrscht. Aber so einfach ist das nicht. Durch meine Taten wurde die Welt von morgen ein Stück besser. Ihr Menschen könnt nur Gerechtigkeit in der Gegenwart schaffen, für die Zukunft mangelt es euch an Visionen!«

»Wo ist Laura?«, wiederholte Kommissar Redlich unbeeindruckt. Luzius führte seinen rechten Zeigefinger zur Nase. Die Handschellen saßen fest, dennoch konnte er sich das linke Nasenloch zuhalten. Plötzlich begann er zu schnauben wie ein wildes Tier. Johannes Redlich nahm etwas Abstand. Es dauerte keine volle Minute, da ploppte etwas aus Luzius Nase. Der zusammengefaltete Zettel war mit grünlichgelbem Schleim umrandet. Er landete direkt auf den Verhörtisch.

»Auf dem Zettel stehen die GPS-Koordinaten. Diese führen Sie zu einem weißen Transporter, in dessen Laderaum sich das Mädchen befindet. Ich würde mich an Ihrer Stelle beeilen, die Kleine hat schon seit Tagen nichts mehr getrunken. Wir wollen doch nicht, dass sie verdurstet, nicht wahr?«, sagte Luzius hämisch lächelnd. Kurz darauf kam ein weiterer Polizist mit einem internetfähigen Smartphone in den Verhörraum. Er legte das Handy auf den Tisch und schaute zu Johannes Redlich, der kurz darauf das Wort ergriff.

»Stimmen die Koordinaten, dürfen Sie dieses Gerät für die Zeit Ihrer Verlegung benutzen, darauf haben Sie mein Wort!«

Kapitel 38

Keine zwanzig Minuten später umstellte ein schwer bewaffnetes Einsatzkommando der Bundespolizei den weißen Transporter, der in einem Waldstück geparkt war. Vorsichtig näherten sich die bewaffneten Beamten dem Fahrzeug. Mit vorgezogenen Maschinenpistolen und maskiertem Gesicht suchten sie nach möglichen Sprengfallen. Speziell geschulte Hunde beschnüffelten den Tatort, bevor ein Bundesbeamter in Panzermontur den Kofferraum des Transporters öffnete. Ein lauter Schrei hallte durch den Innenraum der Ladefläche. Es war Laura, die nicht ahnen konnte, dass man sie endlich gefunden hatte. Sie war bei vollem Bewusstsein. So langsam realisierte sie, was soeben geschehen war. Tränen flossen, die Erleichterung war überwältigend. Nachdem die Bundespolizisten Laura in Sicherheit gebracht, ihr eine warme Decke um die Schultern gelegt hatten und der betreuende Psychologe eingetroffen war, funkten sie bei der Zentrale durch. Die Botschaft verbreitete sich wiederum so schnell, dass keine fünf Minuten später der Polizeipräsident informiert wurde, der umgehend die Freigabe für den Gefangenentransport erteilte. Obwohl Kommissar Redlich gerne auf die vorherige Abmachung verzichtet hätte, bestand der Polizeipräsident darauf. Nachdem er vergeblich versucht hatte, seinen Vorgesetzten am Telefon davon zu überzeugen, dem Täter die Aushändigung des internetfähigen Geräts zu verwehren, gab er schließlich nach.

»Ich weiß nicht, was Sie damit vorhaben. Aber wenn Sie polizeiliche Informationen an die Presse weitergeben oder andere Dinge im Schilde führen, werde ich dafür sorgen, dass Sie den Knast nie wieder verlassen, kapiert?«, sagte Kommissar Redlich zu Luzius, als er ihm das Smartphone überreichte. Luzius nickte kommentarlos. Dann ließ er sich aus dem Verhörraum abführen.

Kurz darauf traf ein blauer Justizbus ein, der direkt vor der Polizeistation Neuruppin hielt. Ohne Gegenwehr ließ sich Luzius von den beiden Beamten hinein in den Justizbus begleiten. Der im Fahrerhaus wartende Busfahrer schlug die Zeitschrift zu, nahm seine kabellosen Bluetooth-Kopfhörer aus den Ohren und schaute Luzius kurz in die Augen, als dieser in das gesicherte Fahrzeug einstieg. Luzius konnte einen kurzen Blick auf die Zeitschrift erhaschen. Auf dem Cover war ein Segelboot abgebildet.

Nachdem der Justizbus abgefahren war, durfte Luzius das Smartphone benutzen. Anstatt wie vereinbart nach Pressemeldungen zu suchen, steuerte er zielgerichtet die ihm bekannten Internetadressen und

Server an, von denen er sich spezielle Software herunterlud und installierte. Mit dem ihm zur Verfügung gestellten Bluetooth-fähigen Smartphone suchte er nach Schnittstellen in seiner Umgebung. Als dann der Name *»Segelfreak75«* auf dem Display aufleuchtete, verspürte er ein leichtes Ziehen in der Leistengegend. War es wirklich so einfach?

Nachdem er die Daten seines Opfers infiltriert hatte, täuschte er mittels ausgeklügelter Spoofing-Attacke eine falsche Identität vor. Auf dem Display des Fahrers erschien kurz darauf eine vermeintliche Nachricht von seiner Frau. Diese Nachricht hatte jedoch nicht seine Frau selbst, sondern Luzius im Namen seiner Frau verschickt. Zuvor hatte Luzius alle Kontaktdaten und Familienfotos vom Telefonspeicher ausgelesen. Diese Informationen verwendete er nun geschickt gegen ihn.

Keine zwei Minuten später bremste der Fahrer den Justizbus ab. Es lief nahezu perfekt. Luzius wartete bewusst den Moment ab, an dem der Busfahrer das havelländische Luch erreicht hatte. Keine Menschenseele war weit und breit zu sehen, überall säumten trostlose Felder die weite Tiefebene. Unterbrochen wurde die Ruhe allein von lauten Kranichen. Luzius wartete geduldig darauf, dass der Fahrer aussteigen und versuchen würde, etwas Empfang zu bekommen. Als es dann endlich soweit war, schrie Luzius wie jemand, der unter starken Schmerzen litt. Die beiden Justizbeamten schafften es keine dreizehn Sekunden, die Schreie zu ignorieren. Luzius krümmte sich so stark vor Schmerz, dass der unvorsichtigere Beamte seine Hand ausstreckte, um sie instinktiv auf Luzius Schulter zu legen. Bevor der Beamte auch nur ein Sterbenswort sagen konnte, schnellten die beiden mit Handschellen fixierten Pranken um den Hals des Mannes. Der zweite Justizbeamte konnte gar nicht so schnell reagieren. Luzius drohte, den Mann zu erwürgen, sollte sein Kollege nicht kooperieren. Der Fahrer bekam davon kaum etwas mit, er trug seine Kopfhörer und suchte draußen weiter nach Empfang.

»Rüber mit der Waffe, sofort!«, sagte Luzius. Seine Worte klangen ruhig, aber auch sehr ernst und bestimmend. Der Justizbeamte hingegen zitterte. Er hoffte, die Sache würde noch irgendwie gut für ihn ausgehen. Also legte er die Pistole auf den Boden. Seine Hoffnung wurde jedoch zerschmettert, als Luzius die Waffe vor sich liegen sah. Mit einer blitzschnellen Handbewegung brach Luzius den Beamten das Genick, dieser löste sich daraufhin aus dem Würgegriff und sackte wie ein nasser Sack in sich zusammen.

Noch bevor der Kollege darauf reagieren konnte, griff Luzius nach der Pistole. Er entsicherte den Abzug und feuerte zwei laute Schüsse ab. Der erste Schuss traf den Beamten am Kopf, der zweite Schuss ging direkt in sein Herz. Luzius zählte innerlich fünfzehn Sekunden rückwärts. Effizient und gewissenhaft suchte er nach dem Schlüssel für seine Handschellen, dafür benötigte er insgesamt zehn Sekunden. Weitere fünf Sekunden genügten, um die Handschellen aufzuschließen. Kurz bevor Luzius bei der Zahl Null angekommen war, richtete er den Lauf der Pistole instinktiv auf den Eingang der Fahrerkabine.

Kapitel 39

Nachdem der Justizbus abgefahren war, hastete Kommissar Redlich verschwitzt zu Laura, die von Polizeipsychologen betreut wurde. Für ihn war nicht das Verhör der Zeugin relevant. Stattdessen wollte er ein aufbauendes Gespräch mit ihr führen. Durch seine guten Menschenkenntnisse war ihm bewusst, in welcher Verfassung sich Laura befand.

»Geht es Ihnen gut?«, fragte er besorgt. Mittlerweile hatte man sie in ein provisorisch errichtetes Zelt gebracht. Als er in ihre erschöpften Augen schaute, war ihr leerer Blick zum Boden gerichtet. Kommissar

Redlich ließ die Minuten der Stille geduldig verstreichen. Es dauerte einen Moment, dann schaute sie den Kommissar aufgelöst an.

»Warum ausgerechnet ich?«, fragte sie.

»Ich möchte von Anfang an ehrlich zu Ihnen sein. Der Täter handelt nicht aus niederen Beweggründen. Er leidet an einer schweren Persönlichkeitsstörung. Für ihn existieren andere Grenzen zwischen Gut und Böse. Er ist in seinem Wahn leider hilflos gefangen.«, sagte Kommissar Redlich.

»Wie meinen Sie das?«, fragte Laura.

»Ich glaube, Luzius rechtfertigt seine Taten damit, auf der richtigen Seite zu stehen, ähnlich wie ein skrupelloser Diktator, der zu viele Geschichtsbücher gelesen hat und sich dann im Wahn für den Krieg entscheidet. Doch diese Motivation ist unmenschlich. Luzius gibt einzelnen Menschen die Schuld am Versagen des Systems. Er pickt sich einzelne Verhaltensweisen heraus, die er moralisch verurteilt. In Ihrem Fall war das leider der Beruf bei einem Ölkonzern.«

»Aber ich habe doch noch nie jemanden verletzt oder körperlichen Schaden zugefügt ...«, jammerte Laura. »... ich verstehe das einfach nicht, wie kann ein Mensch nur so grausam sein?«, schluchzte sie.

»Luzius glaubt, man könne die Menschheit nur noch dadurch retten, einzelne Menschen qualvoll für ihre Entscheidungen zu bestrafen. Er denkt, er müsse nur gezielt Menschen aus dem Weg räumen und ihre Schicksale medial aufbereiten, um einer neuen Generation den Weg in die Zukunft zu zeigen«, erklärte Kommissar Redlich behutsam.

»Das klingt ja furchtbar. Was kann ich tun, um dieses Schwein für immer hinter Gitter zu bringen?«, erwiderte Laura.

Kapitel 40

»Was zur Hölle ist da drin los?«, schrie der Fahrer aufgeregt mit vorgezogener Waffe. Der Fahrer, selbst Justizbeamter, nahm die Stufen hinauf zur Fahrerkabine, um in den Innenraum des Fahrzeugs zu gelangen. Noch bevor er das auslaufende Blut seines niedergestreckten Kollegen entdecken konnte, bekam er einen kräftigen Schlag gegen den Hinterkopf verpasst. Dann fixierte Luzius die Hände des Fahrers am Lenkrad, wo auch ein Funkgerät von oben herabbaumelte. Mit vorgezogener Waffe befahl Luzius, die geplante Route fortzusetzen.

Es dauerte keine fünf Minuten, bis der erste Funkspruch von der Zentrale einging. Luzius drückte den Lauf der Waffe fest gegen die Stirn des ängstlich wirkenden Fahrers.

»... mussten nur kurz den Luftdruck der Reifen kontrollieren, Over ...«, funkte der Fahrer. Nachdem die Zentrale den Köder geschluckt hatte, fuhr der Justizbus durch ein kleines Waldstück. Vom Weiten war ein entgegenkommender Kleinwagen zu erkennen. Luzius befahl dem Fahrer, das Fahrzeug zu stoppen und den Bus quer zur Fahrbahn zu parken. Als der Justizbus zum Stehen gekommen war, trat Luzius einen Schritt zurück.

»Würden Sie bitte die Leuchtsirene anschalten und die Augen schließen? Sie haben mir wirklich sehr geholfen!«, sagte Luzius im respektvollen Unterton.

»Wieso soll ich meine Augen schließen?«, fragte der Fahrer nervös, nachdem er den Bus quer zur Fahrbahn geparkt und die Sirene angeschaltet hatte.

»Mein Freund, Sie waren mir wirklich eine sehr große Hilfe. Jetzt bitte ich Sie einfach nur darum, die Augen zu schließen. Würden Sie mir bitte diesen Gefallen tun? Das wäre wirklich sehr freundlich von Ihnen!«

»Was haben Sie mit mir vor? Bitte, ich habe Familie …«, flehte der Fahrer mit zitternder Stimme, bevor er die Augen vorsichtig schloss und ein lauter Knall zu hören war. Blut spritzte. Teile vom Fahrerhirn verteilten sich innerhalb der Kabine. Fleischbröckchen zierten die Frontscheibe. Luzius schaute noch einige Sekunden fasziniert dabei zu wie die letzten Zuckungen den Körper des Fahrers heimsuchten. Noch vor wenigen Sekunden war dieser Mann ein komplexes Lebewesen mit eigener Identität und spannender Biografie, der konsumierte und mit seinem Dieselbus die Umwelt verpestete. Nun war er nur noch ein Fleischhaufen, dessen regungsloser Kadaver sich bereits im Zustand der Autolyse befand.

Kapitel 41

Der entgegenkommende Opel Corsa hatte den Warnblinker gesetzt und am Seitenstreifen gehalten. Die beiden Insassen, zwei junge Erwachsene, warteten geduldig auf weitere Anweisungen. Luzius näherte sich dem Fahrzeug mit einer angeschalteten Taschenlampe, er trug die Kleidung des Justizbeamten. Misstrauisch klopfte er an die Scheibe des Fahrers.

»Wir suchen einen entflohenen Häftling. Ist Ihnen etwas Verdächtiges auf dem Weg hierher aufgefallen?«, fragte Luzius. Mit der Taschenlampe leuchtete er in den Fahrzeuginnenraum. Auf dem Fahrersitz saß ein junger Mann, neben ihm eine junge Frau, beide nicht älter als Zwanzig.

»Nein«, sagte der Fahrer aufgeregt. Die Frau wirkte nervös.

»Habt ihr Drogen dabei?«, fragte Luzius scharf.

»Nein«, antwortete der Fahrer mit zittriger Stimme.

»Führerschein und Fahrzeugpapiere!«, befahl Luzius im bestimmenden Tonfall. Dann richtete er den Strahl der Taschenlampe in die Augen des Fahrers. Die schwarzen Pupillen verengten sich. Bei der Beifahrerin war der Reflex hingegen nur schwach ausgeprägt, was auf die Einnahme von Cannabis, vielleicht in Kombination mit Alkohol, hindeutete.

»Jonas, richtig?«, fragte Luzius. Der Fahrer nickte.

»Aussteigen und der vorgegebenen Linie folgen!«, sagte Luzius.

Als Jonas ausgestiegen und der Linie gewissenhaft gefolgt war, zog Luzius ganz plötzlich die Waffe. Jonas blieb fast das Herz stehen. Er realisierte nicht, warum jemand eine Pistole auf ihn richtete.

»Hervorragend. Und jetzt zurück in den Wagen!«, sagte Luzius gut gelaunt. Die Waffe steckte er zurück in den Holster. Dann klappte er den Sitz des Zweitürers um und stieg auf die Rücksitzbank. Als die Beifahrerin den triefenden Blutfleck auf dem blauen Justizhemd entdeckte, begann sie zu kreischen.

»Halt die Fresse!«, brüllte Luzius. Das Mädchen verstummte.

»Einsteigen, Jonas! Oder ich blase der Kleinen den Schädel weg, kapiert?«

Jonas stieg zurück ins Auto, schloss die Tür und blieb wie angewurzelt sitzen. Luzius genoss den Moment. Fast konnte er den Angstschweiß der jungen Beifahrerin wittern, was ein Kribbeln in ihm auslöste.

»Ich will hier keine Wurzeln schlagen. Fahr endlich los!«, befahl Luzius. Neugierig schob er seinen Kopf nach vorn und schaute auf die Oberschenkel des Mädchens.

»Süß, seid ihr ein Paar?«, fragte er. Doch das Mädchen antwortete nicht. Sie zitterte. In ihrer rechten Hand hielt sie ein Smartphone.

»Her damit!«, befahl Luzius. Kurz darauf zerstörte er das alte Gerät der Polizei, indem er SIM-Karte und

Akku herausriss. Anschließend kurbelte er die Scheibe herunter und warf den Elektroschrott nach draußen in den Wald.

»Kann losgehen, Freunde. Und jetzt Abfahrt!«, sagte er. Doch bereits nach wenigen Metern überkam Luzius das schlechte Gewissen. Es waren nicht die drei zuvor ausgelöschten Leben oder die Geiselnahme, die ein schlechtes Gefühl in ihm hervorriefen. Viel quälender war die Vorstellung, dass nun defekter Elektroschrott mit Schadstoffen den Wald verschmutzen würde.

»Wie heißt du?«, fragte Luzius mit Blick auf die Dame.

»Kim«, erwiderte sie kurz.

»Wie alt?«

»Achtzehn«, sagte sie. Dann schaute sie ängstlich zu Jonas, der sich krampfhaft auf die Fahrt konzentrierte. Luzius starrte Kim noch einen Augenblick lang an, ihre braunen Haare fielen zu Strähnen herab, sie besaß ein makelloses Gesicht und einen attraktiven Körper. Luzius konnte seinen Trieb nicht länger ignorieren. Er war ein durchtriebener Voyeur.

»Ausziehen!«, befahl Luzius giftig. Mit fletschenden Zähnen schaute er auf Kims nackte Brüste. Ihre

Wangen waren prall und rot. Er leckte sich über die Lippen.

»Du wirst Jonas jetzt einen blasen, kapiert?«, zischte er. Dann griff er sich erregt zwischen die Beine. Kim schüttelte verlegen den Kopf. Luzius zog die Pistole aus dem Halfter.

»Drei Tote an einem Scheißtag sind euch wohl noch nicht genug, was?«, brüllte er. Anschließend presste er Kim den Pistolenlauf an den Hinterkopf. Kim zuckte verstört zusammen. Sie weinte, schloss dann aber die Augen und beugte sich über Jonas Schritt. Unter Tränen verrichtete sie, was Luzius ihr zuvor befohlen hatte. Jonas ließ sich nichts anmerken. Er konzentrierte sich auf die Straße. Nur mit viel Mühe hob und senkte Kim ihren Kopf, ohne dass sich etwas regte.

»Verdammter Schlappschwanz!«, brüllte Luzius.

Jonas konzentrierte sich weiter verbissen auf die Straße. Offenbar versuchte er auszublenden, was mit ihm geschah. Kim bewegte ihren Kopf weiter auf und ab, sie schmatzte lautstark. Nach einigen Minuten brachte Jonas ein leises Stöhnen hervor. Keine zehn Sekunden später kam weiße Flüssigkeit aus Kims Mundwinkel geflossen. Dann war endlich Stille eingekehrt.

»Code eingeben und bestätigen!«, flüsterte Luzius leise zu Kim, die sich soeben übergeben hatte. Als er das entsperrte Smartphone von Kim durchsuchte, fand er Bilder von Jonas und Kim auf einer Demonstration von *Fridays for Future*.

»Habt ihr euch dort kennengelernt?«, fragte er.

»Nein, Jonas ist mein Bruder …«, erwiderte Kim.

Kapitel 42

Der Verhörraum war abgedunkelt, etwas vom verblassenden Abendlicht spiegelte sich im trüben Fensterglas. Kommissar Redlich sprach über die schwere Persönlichkeitsstörung von Luzius. Laura zitterte. Warum er ausgerechnet sie ausgesucht hatte, diese Frage ließ ihr einfach keine Ruhe. Der Kommissar kam irgendwann auf Lauras Ängste zu sprechen.

»Sie wurden damals auf der Schultoilette eingesperrt und leiden seitdem unter starken Panikattacken. Wusste Luzius davon?«, fragte Kommissar Redlich.

»Ich weiß nicht. Luzius wirkte erst so charmant, doch dann wurde er mir plötzlich ganz unheimlich

…«, sagte Laura.

»Können Sie das bitte etwas näher erläutern?«, fragte Kommissar Redlich.

»Es gab einen Moment, in dem die Stimmung ganz plötzlich kippte«, erwiderte sie. Die feinen Härchen auf ihrem rechten Arm stellten sich auf, ein typischer Gänsehautmoment, ausgelöst durch einen Trigger.

»Sie müssen nicht darüber reden, bitte verzeihen Sie …«, sagte der Kommissar mit einer entschuldigenden Geste.

»Wissen Sie, bis zu diesem einen Augenblick war zwischen uns alles okay. Doch dann änderte sich ganz plötzlich sein Gesichtsausdruck. Die Aussprache, der Ton, alles war plötzlich ganz anders ...«

Kommissar Redlich nickte verständnisvoll mit ernster Miene. Nach einigen Sekunden beendete Laura ihren Satz. »… er klang plötzlich so vorwurfsvoll und unheimlich.«

»Hatten Sie ihm von Ihrer Therapiesuche erzählt? Wir vermuten, dass er Ihnen einen Schadcode auf dem Smartphone installierte, kurz bevor er sich mit Ihnen verabredet hatte«, sagte Kommissar Redlich.

»Wir hatten vor der Entführung nie über meine psychischen Probleme gesprochen. Wir kannten uns ja kaum. Einige Tage zuvor hatte ich aber tatsächlich eine Webseite besucht, um einen Therapieplatz zu finden«, sagte Laura.

»Dann hat Luzius diese Information bewusst ausgenutzt, um Sie maximal leiden zu lassen. Er scheint wohl eine sadistische Ader in sich zu haben. Gut, dass wir ihn endlich gefasst haben«, sagte Kommissar Redlich.

Kapitel 43

»Ich hatte heute wirklich sehr großes Glück. Erst gelang mir die Flucht, dann traf ich euch. Als du vorhin so kunstvoll mit deiner Zunge beschäftigt warst …«, sagte Luzius mit Blick auf Kim. »… da wollte ich schon sagen, beiß´ zu Kim! Aber dann ist mir eingefallen, dass eine Zwangssterilisation während der Fahrt keine so gute Idee wäre.«

Luzius lachte, Kim und Jonas schwiegen. Im Auto herrschte eine angespannte Atmosphäre, die Machtverhältnisse waren klar verteilt, nur Luzius plapperte wie wild vor sich hin. Mittlerweile hatte der Wagen die Autobahnauffahrt in Richtung Norden genommen. Luzius lehnte sich auf der Rücksitzbank zurück und begann einen Monolog.

»Wir Menschen verhalten uns wie Tiere im Käfig. Obwohl wir uns längst die Haut an den Gitterstäben aufscheuern, ignorieren wir die Zeichen der Zeit. Wir folgen weiterhin unserem Trieb, vermehren uns wie die Karnickel und zerstören den Planeten. Diese Reise wird euch noch lange Zeit beschäftigen. Ich bin mir sicher, dass keiner von euch nach diesem kleinen Vorfall noch Kinder in die Welt setzen wird.«

Luzius lachte erneut. Er ballte die rechte Hand zu einer Faust, schloss den Mund und presste etwas Luft in die rechte Backe. Er wiederholte diesen Vorgang so lange, bis Kim ihn endlich durch den Rückspiegel ansah. Sie verstand sofort die abfällige Geste.

»Wusstet ihr eigentlich, dass jedes Jahr ungefähr achtzig Millionen Menschen geboren werden? Das entspricht der Einwohnerzahl Deutschlands«, sagte Luzius.

»Glaubt ihr, dass jene Menschen ein Vorrecht auf das Leben haben, die zuerst in diese Welt hineingeboren wurden? Alle reden stetig von Veränderung. Doch die Dinge laufen weiter wie bisher, weil niemand auf etwas verzichten möchte. Ihr jungen Menschen habt ein Recht auf Leben. Doch welches Leben steht euch bevor? Wie könnt ihr jungen Menschen auf eine Rente hinarbeiten, wenn das Leben zu Beginn eures Renteneintritts nicht mehr lebenswert sein wird?«

Die Wahrheit schmerzte. Plötzlich begriff Kim, warum Luzius sie traumatisiert hatte. Es lag nicht nur an seiner kranken Phantasie oder dem voyeuristischen Trieb in ihm. Viel mehr ging es ihm darum, die noch Ungeborenen vor der eigenen Zukunft zu bewahren. Kim und Jonas mussten traumatisiert werden, damit sie auf eine Familiengründung verzichteten. Es war moralisch komplizierter geworden, die tatsächlichen Motive von Luzius in Gut und Böse zu unterteilen. Diese Ambivalenz schmerzte ebenso. Bevor Kim und Jonas über die Worte nachdenken konnten, setzte Luzius seinen Monolog fort.

»Ihr bekommt Bauchschmerzen, wenn ihr über eure Zukunft nachdenkt. Damit seid ihr nicht allein. Auch ich halte den Gedanken kaum aus, die Welt von morgen brennen zu sehen. Ich ertrage es nicht mehr. Ausgetrocknete Flüsse, Waldbrände, Flutkatastrophen, Hitzewellen, aussterbende Arten ...«

Luzius machte eine kurze Pause. Seine Stimme klang gedämpfter als sonst, fast schon sanftmütig, feinfühlig und emotional ergriffen. Er war von seinen eigenen Worten berührt.

»Aber ich tue etwas dagegen, ich bringe mich ein, ähnlich wie ihr. Ich demonstriere nicht mehr. Zu viele Jahre meiner Lebenszeit habe ich damit verschwendet, friedlich zu protestieren und auf die Wissenschaft zu verweisen. Dann kam mir eine hervorragende Idee. Wenn der Mensch es nur durch Schmerzen lernen würde, müsste ich nur eben meine Methoden ändern. Bedauerlicherweise ist die Polizei mental noch nicht dazu in der Lage, meine Taten zu würdigen ...«

Luzius legte eine erneute Pause ein. Er hustete kurz und verlangte nach einem Schluck Wasser. Kim reichte ihm eine kleine Plastikflasche.

»Ich erzähle euch jetzt eine kleine Geschichte über eine Firma, die schon vor sehr langer Zeit von der globalen Klimakatastrophe wusste. Diese Firma, nennen wir sie *Gazneft*, war ein multinationaler Öl- und Gaskonzern, der wegen kartellrechtlicher Gründe bereits im letzten Jahrhundert zerschlagen wurde. Doch seine Kraken-förmigen Ableger existieren bis heute. Die internen Wissenschaftler dieses Unternehmens warnten bereits in den siebziger Jahren eindringlich davor, weiterhin auf fossile Energieträger zu setzen. Doch der Vorstand ignorierte die Warnungen der Wissenschaftler. Die Wissenschaftler prophezeiten, wenn es um die Jahrtausendwende zu einem Anstieg der globalen Durchschnittstemperatur kommen würde, wäre es bereits zu spät. Die Warnungen verpufften. Letztendlich zählten nur Rendite und Wachstum. Die Anleger waren gierig nach einer hohen Dividende. Die Unternehmensführer standen kurz vor dem Renteneintritt, das weitere Wachstum des Unternehmens besicherte ihren Rentenfond. Denn nur durch die regelmäßige Erhöhung der Dividendenrendite blieben die Aktienpakete auch weiterhin attraktiv. Ein Ausverkauf an der Börse hätte den Wert ihrer Aktien soweit gemindert, dass sie sich ihren pompösen Lebensstandard nicht weiter hätten leisten können. Die Konzernlenker wussten, dass die Klimakatastrophe sie selbst nicht mehr betreffen würde. Deswegen vertuschten sie die Ergebnisse ihrer eigenen Wissenschaftler. So erfuhr die Welt nie rechtzeitig von jener Wahrheit, die zu einem Umdenken hätte führen müssen. Letztendlich blockierten Konzerne wie *Gazneft* jahrelang den Umstieg auf grüne Technologien. Sie finanzierten jahrzehntelang klimaskeptische Stiftungen, um Zweifel am menschengemachten Klimawandel zu säen. Und es funktionierte. Eine ganze Zivilisation baute auf fossile Rohstoffe. Doch nun stehen wir an einem Wendepunkt, der keine schmallippigen Kompromisse mehr zulässt.«

Kapitel 44

»Warum hat er sich als Frau verkleidet?«, fragte Kommissar Redlich. Laura musterte die Kacheln an der Wand des Verhörzimmers, dann zupfte sie an ihrem Ärmel herum. Plötzlich flutete Stille den Raum. Das Verhörzimmer hatte man während der DDR-Zeit erbaut. Laura, die ursprünglich aus Westdeutschland stammte, fühlte sich unwohl inmitten dieser Tristesse. Sie hatte als kleines Kind bereits bei ihren Großeltern in Ostdeutschland einen Eindruck davon gewonnen, was es hieß, kaum etwas zu besitzen. Ihre Eltern lebten in Westdeutschland, Laura durfte ihre Großeltern regelmäßig besuchen. Sie hielt den Kapitalismus stets für die erstrebenswertere Gesellschaftsform, die dem Sozialismus und Kommunismus weit überlegen war. Seit ihrer Kindheit hatte sie immer wieder eingetrichtert bekommen, dass es in Ordnung war, individuell zu sein. Doch nun hinterfragte sie ihr bisheriges Lebenskonzept. Warum wollte Luzius ausgerechnet an ihr ein Exempel statuieren? War sie ein guter Mensch? Laura versank tief in Gedanken.

»Sind Sie noch da?«, hakte Kommissar Redlich nach.

»Ich weiß nicht …«, sagte sie. Erneut zupfte sie

zurückhaltend an ihrem Ärmel.

»… er gab sich immer als Luzie aus, kurz bevor er gewalttätig wurde. Vielleicht war das eine Art Schutz. Seine Stimme wurde schrill, aber ich merkte sofort, dass er es war ...«, nuschelte Laura.

»Vielleicht fiel es ihm durch den Rollentausch leichter, Ihnen etwas anzutun. Dadurch konnte er sich von seiner eigentlichen Persönlichkeit abgrenzen. Menschen mit einer derartigen Störung neigen häufig dazu, mehrere Rollen einzunehmen«, sagte Kommissar Redlich.

»Als Luzius war er charmant und zuvorkommend. Doch sobald er die Perücke aufsetzte, war er jemand anderes«, sagte Laura.

»Hatte dieses Rollenspiel etwas Sexuelles?«, fragte der Kommissar.

»Nein. Wir hatten keinen Sex«, erwiderte Laura.

»Waren Sie auf Sex eingestellt?«

»Es hätte passieren können, bevor er sich als kranker Psychopath entpuppte.«

Kommissar Redlich dachte noch einige Sekunden über Lauras Antwort nach. Dann gab er eine erste Analyse ab, die im forensischen Protokoll notiert wurde.

»Der Täter benutzt eine Art Rollenspiel mit weiblicher Identität, um sein wahres Ich vor seinen Opfern zu verbergen. Scheinbar liegt neben der Persönlichkeitsstörung eine unentdeckte Schizophrenie vor, die womöglich auch eine bisher noch nicht eindeutig klassifizierte sexuelle Komponente aufweist. Vielleicht schämt sich sein wahres Ich für das Verlangen, eine Frau zu sein oder von anderen Männern sexuell begehrt zu werden. Denkbarer Schwachpunkt für weitere Verhörmaßnahmen.«

Kurz nachdem der Kommissar seine Analysen zu Protokoll gegeben hatte, kam ein aufgelöster Polizist in den Raum. Der Polizist flüsterte dem Kommissar eine dringliche Mitteilung ins Ohr.

»Was ist passiert, Herr Kommissar?«, fragte Laura ängstlich. Kommissar Redlich zog entschuldigend die Augenbrauen hoch.

»Der Täter konnte fliehen. Während der Verlegung hat er drei Beamte erschossen. Wir erhöhen nun den Ermittlungsdruck. Keine Sorge, Sie befinden sich bei uns weiterhin in Sicherheit. Er wird nicht weit kommen!«, sagte Kommissar Redlich mit einem bemüht beruhigenden Unterton.

Kapitel 45

»Würdet ihr ein einzelnes Leben zerstören, wenn ihr dadurch tausende Leben retten könntet?«, fragte Luzius. Die Geschwister schwiegen bereits seit etlichen Minuten. Sie hofften, dass der Horror bald zu Ende sein würde. Luzius hatte keine Empathie für Menschen in seiner unmittelbaren Umgebung. Er empfand nur Mitgefühl für die Natur und für eine fiktive Menschheit der fernen Zukunft, die ihn für seine Weitsichtigkeit verehren würde. Das Leid der Opfer war aus seiner Perspektive nur ein notwendiges Übel, das man in Kauf nehmen musste, wenn man die Welt nachhaltig verändern wollte. Seine Handlungen dienten einem höheren Zweck. Die Stimme in seinem Kopf plante den nächsten Schritt.

»Wir nähern uns endlich der Ostseeküste«, sagte Luzius.

»Aber nun zurück zu meiner Ausgangsfrage. Ihr könnt sie euch wohl selbst beantworten. Ich würde mich aus moralischen Gründen stets dazu entscheiden, tausende Leben jedweder Spezies zu retten. Was ist ein einzelnes Menschenleben schon Wert, wo es doch Unmengen an Ressourcen verbraucht?«

Kim brodelte vor Wut. Sie hörte Luzius seit fünfundvierzig Minuten ununterbrochen zu, ohne auch nur ein Wort zu sagen. Doch nun verschaffte sie sich Luft.

»Warum tötest du uns nicht einfach? Kannst du nicht endlich mal dein blödes Scheißmaul halten, Alter? Was bist du eigentlich für ein krankes Arschloch?«, schrie Kim. Jonas zuckte vor Schreck zusammen.

»Kim, bitte beruhige dich…«, flehte er.

Luzius schaute zunächst in den Rückspiegel. Er suchte den ernsten Blickkontakt zu Kim. Dann begann er lautstark zu lachen. Er lachte so herzhaft wie schon seit längerer Zeit nicht mehr. Doch anstatt auf Kim einzugehen oder sie für die ausfallenden Worte verbal zu bestrafen, setzte er seinen ausufernden Monolog seelenruhig fort.

»Falls wir oben an der Küste in den Genuss eines kleinen Strandspaziergang kommen sollten, werden euch womöglich die ausgedehnten Algenteppiche auffallen. Die Ostsee erwärmt sich in den Sommermonaten seit einigen Jahren zunehmend schneller und intensiver. Der Mensch trägt durch die Landwirtschaft immer mehr Nährstoffe in das Gewässer ein, die Flüsse transportieren die Nährstoffe zusammen mit Mikroplastik ins Meer. Kleinstlebewesen nehmen das Mikroplastik auf, die Fische fressen diese Lebewesen und das Fischfilet landet bei euch auf dem Teller. Der menschliche Körper besteht zunehmend aus Plastik. Chronische Erkrankung werden von den hormonähnlichen Stoffen ausgelöst, die vom Plastik abgegeben werden. Der ansteigende Kohlenstoffdioxid-Gehalt in der Atmosphäre lässt jene Algenteppiche entstehen, die beim Absterben wiederum Sauerstoff verbrauchen, den die Fische zum Atmen benötigen. Ökosysteme wie unsere schöne Ostsee beginnen zu kippen, heimische Fischarten wie der Dorsch verschwinden – für immer. Hohe Salzfrachten aus dem polnischen Bergbau werden achtlos in Flüsse wie die Oder eingeleitet. Dadurch vermehren sich nicht heimische Goldalgen der Art *P. parvum* exponentiell und bilden hochgiftige Toxine in versiegenden Wasserläufen, die einst Flüsse waren, was weitere Fische tötet. Die Gletscher der Alpen schmelzen unwiederbringlich. Dadurch wird zukünftig sehr viel Flusswasser fehlen, was die Katastrophe nur noch weiter verstärkt.«

Kapitel 46

»Ich werde bei Ihnen bleiben«, sagte Kommissar Redlich. Laura nickte. Der Gedanke an Luzius ließ sie erschaudern, sie war zutiefst traumatisiert. Als sie von der Flucht erfahren hatte, stieg blankes Entsetzen in ihr auf.

»Denken Sie, er ist hinter mir her?«

»Leider müssen wir genau das annehmen. Gibt es einen Ort, den Luzius jetzt aufsuchen könnte?«, fragte Kommissar Redlich. Laura schaute nachdenklich auf den Boden, schüttelte einige Sekunden später aber enttäuscht den Kopf.

»Vermutlich nutzte Luzius unser Vertrauen gezielt aus, um sich ein Bluetooth-fähiges Smartphone zu besorgen. Wir dachten, er wäre ein Narzisst und würde nur nach Pressemeldungen suchen.«

»Wie meinen Sie das?«, fragte Laura erstaunt.

»Wir hatten einen Deal mit Luzius vereinbart. Er sollte uns Ihren Standort verraten, dafür bekam er ein Smartphone für die Verlegung von uns ausgehändigt.«

»Die Presse wusste von dem Fall?«, fragte Laura.

»Leider wurden seine Live-Streams ins Internet übertragen. Es gab Restreams von zahlreichen Accounts, meist Bot-Accounts. Wir kamen zeitlich nicht hinterher, die Accounts sperren zu lassen. Dadurch gelangten einige Minuten Sendezeit ungefiltert ins Netz«, sagte Kommissar Redlich.

»Was zur Hölle soll das heißen?«, schrie Laura wütend. Offenbar kannte man nun in ganz Deutschland ihren Namen.

Kapitel 47

Nach drei Stunden Autofahrt erreichten Luzius und die beiden Geschwister die Ostseeküste vor Rerik. Anfangs war es noch etwas diesig und nebelig, doch gegen Abend klarte sich der Himmel auf. Kurz vor Sonnenuntergang wurde Luzius am Salzhaff auf einen Bootsverleiher aufmerksam. Er signalisierte Jonas, den Wagen unauffällig zu parken. Mit vorgezogener Pistole erteilte er weitere Anweisungen, Jonas folgte aufmerksam den Befehlen und auch Kim war nun verstummt.

»Ich werde euch am Leben lassen, wenn ihr meine Forderung akzeptiert. Jonas, du gehst rüber zum Ufer, klar? Aber vorher tauschen wir unsere Klamotten.«

Jonas nickte. Luzius nickte zurück, bevor er fortfuhr und die Kleidung wechselte. Zu groß wäre die

Gefahr gewesen, dem Bootsverleiher in der blutbefleckten Beamtenuniform zu begegnen.

»Tu so, als würdest du den Sonnenuntergang bestaunen oder nach irgendwelchen Schwerverbrechern suchen. Kim bleibt solange im Wagen, kapiert?«

Kim tat es ihrem Bruder gleich und nickte ebenfalls.

»Jonas bekommt den Autoschlüssel erst, wenn ich im Boot bin«, sagte Luzius abschließend. Mit einem breiten Grinsen tippte er auf den Lauf seiner Pistole, die er kurz darauf in seine Jackentasche versteckte. Jonas stieg aus dem Wagen und lief hinunter zum Ufer des Salzhaffs. Er schaute zur Sonne. Luzius verriegelte die Autotür und ließ Kim im Wagen zurück, bevor er zum Bootsverleiher ging. In einem der Motorboote saß ein junger Mann mit Kopfhörer.

»Was kostet der Verleih?«, fragte Luzius. Der junge Mann nahm einen der beiden Kopfhörer aus dem Ohr und schaute desinteressiert. Dann wiederholte Luzius seine Frage erneut mit einem höflichen Lächeln. Innerlich war er kurz davor, die Pistole zu ziehen und den Bootsjungen zu bedrohen.

»Welches Boot möchten Sie?«, erwiderte der junge

Mann.

»Zehn PS«, erwiderte Luzius kühl.

»Das macht dann fünfunddreißig Euro pro Stunde. Aber ich verleihe immer nur für mindestens zwei Stunden. Zusammen also siebzig Euro in bar.«

Luzius nickte. Dann holte er die gestohlene Brieftasche des getöteten Justizbeamten hervor und gab ihm einen grünen Einhunderteuroschein.

»Der Rest ist für Sie«, sagte Luzius. Der Bootsverleiher bedankte sich, schaute dann aber etwas misstrauisch zurück. Selten bekam er ohne Anlass so viel Trinkgeld von Touristen geschenkt.

»Ihren Ausweis, bitte!«, sagte der Bootsjunge.

Luzius holte den Personalausweis des Justizbeamten hervor. Das Foto auf dem Ausweis entsprach nicht annähernd Luzius´ Gesichtszügen, auch nicht mit viel Fantasie und Vorstellungskraft. Er zögerte einen Augenblick, bevor er das Dokument aus der Brieftasche hervorholte. Als dann endlich eine kräftige Windböe kam, lockerte Luzius seine Handmuskeln. Der Ausweis flog direkt ins Salzhaff, und mit ihm der unwiederbringliche Beweis, dass der Mann auf dem biometrischen Ausweisbild nicht Luzius war.

»Ach verdammt, mein schöner Ausweis«, jammerte Luzius. »Könnte ich jetzt bitte das Boot haben. Mein Ausweis treibt immer weiter ins Haff hinaus, vielleicht kann ich ihn unterwegs noch einsammeln«, ergänzte er flehend.

Der junge Mann entschuldigte sich mehrfach für den Vorfall. Ungern wollte er einen derart zahlungskräftigen Kunden verprellen, doch ohne Identitätsnachweis des Kunden durfte er das Boot nicht herausgeben. So lauteten die Anweisungen seines Chefs. Schließlich gab er sich mit einem alten Segelschein zufrieden, auf dem ein verblichenes Passbild aufgeklebt war. Luzius hatte das Dokument während der Diskussion mit dem Bootsverleiher sorgsam ausgewählt. Der darauf abgebildete Klaus Kunz sah Luzius nicht annähernd ähnlich, aber das Passbild war so stark vergilbt, dass der Bootsjunge den Köder schluckte. Schließlich übergab der Junge endlich das Motorboot an Luzius. Luzius bedankte sich angestrengt freundlich, innerlich tobte er vor Wut. Zu viel Zeit hatte er damit vergeudet, den jungen Mann von seiner falschen Identität zu überzeugen. Luzius startete den Motor mit einem kräftigen Ziehen. Er sammelte den Ausweis unterwegs ein, winkte dem Bootsjungen freundlich zu und fuhr dicht am Ufer entlang, wo Jonas noch immer wie angewurzelt ins Sonnenlicht starrte. Als Luzius mit dem Boot vorbeifuhr, warf er ihm den Autoschlüssel entgegen.

Kapitel 48

Der Bootsjunge hatte die unterschwellige Intuition, dass irgendetwas nicht stimmte. Nachdem die Sonne untergegangen war, schaltete er die Abendnachrichten ein. Auf dem Bildschirm liefen dutzende Sondersendungen zu einem schweren Gefangenenausbruch. Als dann die Bilder der drei getöteten Justizbeamten eingeblendet wurden, schreckte er kurz auf. Mit zitternden Händen nahm er sich den Segelschein erneut vor, um das ausgeblichene Passbild zu überprüfen. Der Mann auf dem Passbild ähnelte stark einem der getöteten Justizbeamten. Doch war es tatsächlich der Beamte? Das konnte einfach nicht sein, Namen wurden aus Datenschutzgründen nicht veröffentlicht. Der Ausbruch fand in Brandenburg statt, wieso sollte der Flüchtige ausgerechnet hier oben aufkreuzen? Nachdem am Ende der Sendung der Aufruf ausgestrahlt wurde, sachdienliche Hinweise umgehend der Polizei zu melden, notierte er sich vorsichtshalber die Nummer. Dann holte er den Sanddornschnaps aus dem Schrank und goss sich einen großzügigen Schluck ein. Vielleicht war es auch der Alkohol, der ihm mal wieder einen derben

Streich spielte. Hier oben an der Küste konnte es verdammt einsam werden. Wie oft hatte der Bootsjunge seine Exfreundin seit der Trennung an den wildesten Orten gesehen. Im Nachhinein hatte sich herausgestellt, dass er sich ihr Gesicht nur herbeiphantasiert hatte, die flüchtige Begegnung entpuppte sich dann immer als reines Hirngespinst. Wieso sollte es in diesem Fall anders sein, dachte er. Vielleicht war sein Leben ohne Freundin derart langweilig geworden, dass sich sein Verstand nach Abwechslung sehnte.

»Ein Schwerverbrecher auf hoher See«, nuschelte der Bootsjunge grinsend in sich hinein. »Tolles Seemannsgarn«, fand er, bevor ein weiterer Sanddornschnaps seinen Geist vernebelte.

Kapitel 49

Für einen kurzen Augenblick spürte Luzius das unfassbare Gefühl grenzenloser Freiheit. Er hatte es geschafft. Dass er die beiden Geschwister gehen ließ, erfüllte ihn mit Zufriedenheit. Nachdem die Sonne untergegangen war und er die offene Ostsee erreicht hatte, steuerte er das Motorboot nach rechts entlang der Küste. Dem Vollmond entgegenfahrend, überkam ihn ein Gefühl von Destruktivität. Oft verstand er selbst nicht, wieso dieser Gedanke in ihm aufkeimte. Lag es an der Einsamkeit? Lag es daran, dass man ihn nie verstanden hatte? Oder war es die schwere Vergangenheit, die ihn immer wieder einholte?

Die letzten Sonnenstrahlen waren bereits verschwunden. Der Mond wanderte bis zum Horizont, wo er neben den Sternen eine besondere Atmosphäre erzeugte. Luzius steuerte die Steilküste von Rerik an. Aus weiter Entfernung entdeckte er die grün leuchtenden Knicklichter eines Brandungsanglers, der am Strand auf seinen nächsten Fisch wartete. Angezogen vom Mondlicht, steuerte Luzius das Motorboot in Richtung des Strandes, in sicherer Entfernung zum Angler. Luzius fühlte sich unwohl als Justizbeamter. Gedanklich bereitete er sich auf eine neue Rolle vor. Die Identität des Anglers reizte ihn.

Er hatte das Boot bis ins seichte Wasser manövriert. Die letzten Meter wanderte er durch das knietiefe Salzwasser der Ostsee, feine Algenteppiche säumten das Ufer. Der Vollmond strahlte die glatt geschliffenen Kieselsteine magisch an, so als wären es funkelnde Edelsteine. Luzius stapfte durch das angespülte Seegras. Hin und wieder trat er auf eine leere Krabbenschale, die beim Zertreten knackte. Der sanfte Wellenschlag und das Rauschen des Meeres besiegelten für einen kurzen Augenblick seine inneren Dämonen. Offenbar war der Brandungsangler eingenickt, er registrierte nicht das Zappeln an seiner Angelrute. Der grün leuchtende Bissanzeiger war an der Rutenspitze montiert. Er bewegte sich unregelmäßig und nicht periodisch zum Wellenschlag. Luzius schaute zunächst auf die Rutenspitze, dann wendete er seinen Blick ab und türmte sich vor dem schlafenden Brandungsangler auf. Zu einfach wäre es gewesen, ihm die Kehle aufzuschlitzen. Ein scharfes Filetiermesser steckte neben dem Angler im Sand. Das Messer hatte er vermutlich benutzt, um die zwei gefangenen Dorsche zu filetieren, deren grätige Überreste achtlos an den Strand geworfen wurden. Der Anblick der blutigen Fischkadaver erzürnte Luzius. Aufgrund der Klimakatastrophe zogen sich die Dorsche immer weiter nach Norden zurück. Im Küstenbereich der deutschen Ostsee gab es kaum noch gesunde Bestände. Zu warm war es der Fischart in den vergangenen Hitzesommern geworden. Auch Fangbeschränkungen halfen nicht, das Verschwinden der Art zu unterbinden. Luzius ballte die Hand zur Faust.

Sechs leere Bierflaschen ließen darauf schließen, dass der Angler bereits betäubt war. Luzius zog behutsam das Messer aus dem Sand. Dann schlich er sich von hinten heran. Bevor er die Klinge zur Kehle des Anglers führte, schaute er hinauf zur Steilküste.

Niemand beobachtete ihn. Inmitten der Dunkelheit setzte er sich hinter den schlafenden Brandungsangler. Im Schneidersitz meditierte er, um Kraft für die anstehende Aufgabe zu sammeln. Um in die Rolle seines Opfers zu schlüpfen, versetzte er sich in dessen Lage. Offenbar war der Mann in einem ähnlichen Alter wie Luzius. Der übermäßige Alkoholkonsum deutete auf eine Suchtproblematik hin. Dass der Angler mitten in der Nacht alleine ohne Begleitung am Strand saß und trank, ließ auf eine Abneigung gegenüber anderen Menschen schließen. Vielleicht hatte der Mann eine soziale Phobie oder er war jemand mit einer ängstlich vermeidenden Persönlichkeitsstörung. Seine Mütze trug die Aufschrift einer bekannten deutschen Automarke. Es war also naheliegend, dass der Mann einen Wagen besaß, den er irgendwo in der Nähe geparkt hatte. Er war nicht besonders groß und kräftig, dennoch trug er einen Thermoanzug der Marke *Patagonia* in Übergröße, der auch Luzius gepasst hätte. Die sicherste und sauberste Art war also, ihn von hinten zu erdrosseln, während er schlief. Glücklicherweise lag noch etwas stramme Angelschnur an jenem Ort, wo Luzius auch das Messer gefunden hatte. Mit einer Zugprobe prüfte Luzius die Stabilität der Sehne. Nachdem er sich vergewissert hatte, dass die Schnur standhalten würde, wickelte er sich beide Enden um die Hände.

Dann setzte er zum hinterhältigen Würgegriff an. Die Leine bohrte sich tief in die Kehle des Anglers. Der Mann erwachte keuchend mit einem krächzenden Fiepen aus seinem Dämmerschlaf. Der erhöhte Alkoholpegel betäubte zwar den einsetzenden Schmerz der Strangulierung, das ausströmende Adrenalin versetzte seinen Körper dennoch in Alarmbereitschaft. Der Todeskampf dauerte einige leidvolle Minuten. Nach etwa drei Minuten hörten die Zuckungen seiner Gliedmaßen endlich auf. Kurz nachdem der leblose Körper wie ein nasser Sack in sich zusammengefallen war, nahm Luzius die Kopflampe seines Opfers ab. Dann tauschte er mit ihm erneut die Kleidung, nahm Brieftasche, Schlüsselbund und Smartphone an sich. Noch bevor er den toten Leichnam in das Boot hievte, durchtrennte er mit einer Zange, die er zuvor im Angelkoffer gefunden hatte, den rechten Daumen seines Opfers. Das Blut ließ er sorgfältig in die Ostsee ausströmen. Im letzten Schritt zog er dem Opfer zwei Handschuhe über, die zur Ausstattung des Motorboots gehörten. Schließlich brauchte Luzius den Daumen, um sich vollumfänglich in das Leben des Anglers einzunisten. Die Bilder auf dem Smartphone erzählten eine ganz eigenwillige Geschichte, Luzius konnte es kaum erwarten, endlich mehr über sein neues Ich zu erfahren. Um das Ablenkungsmanöver zu vervollständigen, lud er die leeren Bierflaschen ebenfalls mit ins Boot. Ein noch ungeöffnetes Flaschenbier ließ Luzius kurz darauf aufploppen. Nachdem er den Toten so am Steuer des Motorbootes platziert hatte, dass dieser geradeaus fuhr, übergoss er ihn mit Bier. Wer auch immer diesen armen Kerl auf offener See finden würde, die Chancen standen gut, dass man ihn für einen Säufer halten würde. Dies verschaffte Luzius genügend Zeit, seinen Plan zu vollenden.

In die Jackentasche des Toten platzierte er den Ausweis von Klaus Kunz, dem zuvor ermordeten Justizbeamten. Dann startete er den Motor und ließ das Boot samt Leiche auf offene See hinausfahren. Kurz darauf packte er sämtliches Angelzeug zusammen, um zum nahegelegenen Zeltplatz zu wandern. Auf dem Parkplatz musste irgendwo das Auto des Toten stehen. Luzius tippte auf einen *Audi A6*, vielleicht sogar ein Kombi mit viel Platz im Kofferraum. Die Mütze des Toten verriet viel über seine persönlichen Vorlieben. Doch noch viel besser war es, dass Luzius ihm zuvor den Daumen abgetrennt hatte. So konnte er das Smartphone entsperren und gezielt im Fotoarchiv nach Bildern suchen. Es dauerte nicht lange. Neben unzähligen Aufnahmen von Sonnenuntergängen an der Ostsee, von gefangenen Dorschen und Plattfischen, waren auch unzählige Bilder von einem roten *Audi A6* zu sehen. Dieser Hinweis genügte. Es dauerte nicht lange und er wurde fündig. Luzius drückte den Knopf und die Lichter blitzten hell auf. Behutsam räumte er das Angelzeug in den Kofferraum, wo ihm beim Anblick einer weiteren Jacke der Marke *Patagonia* eine zündende Idee kam. Schon bald würde er ein wichtiges Telefonat führen, das vielleicht die Welt verändern konnte. Zufrieden setzte er sich ans Steuer und entsperrte erneut den Bildschirm des gestohlenen Smartphones. Nun suchte er nach Informationen, die ihm dabei halfen, seinen Plan in die Tat umzusetzen. Er musste nur einige Programme installieren, die er sich von einem geheimen Server runterlud, dann bekam er die GPS-Daten von Laura. Er übertrug die Koordinaten in *Google Maps.* Ein roter Markierungspunkt blitzte auf. Kurz darauf startete er den Motor.

Kapitel 50

Gegen Morgengrauen hatte der Wind deutlich aufgefrischt. Das Meer tobte, als zwei Polizeibeamte dem Anruf des Bootsjungen nachgekommen waren. Ein gewisser Klaus Kunz hätte sich am Abend zuvor ein Motorboot ausgeliehen. Er sei nicht wieder zurückgekehrt und das Passbild auf dem verpfändeten Segelschein ähnele stark dem Bild des ermordeten

Justizbeamten aus den Nachrichten, aber das könne auch Zufall sein, erklärte der Bootsjunge den Beamten.

Die beiden Lokalbeamten vergeudeten aufgrund ihrer morgendlichen Kaffeeroutine zwei weitere Stunden, um herauszufinden, dass Klaus Kunz jener Justizbeamte war, der beim Fluchtversuch eines bundesweit gesuchten Straftäters ums Leben gekommen war. Nachdem am frühen Morgen klar wurde, dass sich es sich um den Gesuchten handelte, wurden sofort weitere Einsatzkräfte der Bundespolizei, des Bundeskriminalamtes und des Berliner Landeskriminalamtes hinzugezogen. Auch Kommissar Redlich wurde gegen Vormittag darüber informiert, dass die Spur zum Täter vermutlich bis nach Mecklenburg-Vorpommern führte. Nach dem gestohlenen Motorboot wurde ebenfalls gefahndet, zunächst jedoch ohne Erfolg. Der starke Wind hatte das Boot womöglich zum Kentern gebracht, ein Polizeihubschrauber und Rettungskräfte der Wasserschutzpolizei suchten alle Uferbereiche der nahegelegenen Insel Poel ab.

Luzius war längst nicht mehr in Mecklenburg-Vorpommern unterwegs. Bereits am frühen Vormittag hatte er die Grenze zu Brandenburg überquert. Gespannt verfolgte er die Lokalnachrichten im Radio. Der Fall machte derweil bundesweit Schlagzeilen. Sie nannten ihn den Ökokiller, auch die Behörden hatten längst eine eigene Ermittlergruppe gebildet, in die auch Kommissar Redlich und der Berliner Polizeipräsident eingebunden waren, hieß es. Luzius lauschte amüsiert der Pressekonferenz der Polizei. Auf Nachfrage der *Ostseezeitung*, ob der Täter an der Küste sein Unwesen treiben würde, suchten die Behörden nach beschwichtigenden Ausreden. Dennoch warnten sie eindringlich vor einem etwa ein Meter fünfundachtzig großen Mann mit kantigem Gesicht und breiter Statur. Man solle keine fremden Anhalter mitnehmen, hieß es. Zudem solle man Ausschau nach dem Gesuchten halten, der zuletzt in Rerik gesehen wurde und womöglich an den Uferbereichen des Salzhaffs, der Insel Poel oder der Ostseeküste unterwegs sein könnte. Aus ermittlungstaktischen Gründen wurden jedoch keine weiteren Namen oder mögliche Identitäten des Gesuchten genannt. Man hatte bereits zuvor zahlreiche schwere Fehler begangen, die Luzius überhaupt erst die Flucht ermöglicht hatten. Auch dies mussten sich die Behörden während der Pressekonferenz eingestehen.

Luzius ließ die Scheibe herunter. Mit aufgesetzter Sonnenbrille, die er in der Seitenablage des Fahrzeugs fand, genoss er den frischen Fahrtwind. Er hatte keinerlei Zweifel daran, dass es nur noch eine Frage der

Zeit war, bis auch der Angler als vermisst gemeldet wurde oder man seine Leiche fand. Dann würde man bundesweit auch noch nach dem roten *Audi A6* fahnden. Da er sicher gehen wollte, dass ihm niemand auf die Schliche kam, bog er an einer Ausfahrt ab. Zu groß war die Befürchtung, dass man bereits nach dem Nummernschild des gestohlenen Audis suchen würde. Es dauerte nicht lange, da sah Luzius einen verlassenen Wagen am Waldesrand stehen. Er hielt Ausschau nach dem möglichen Besitzer. Vermutlich wäre es hilfreicher gewesen, wenn er das Auto komplett getauscht hätte, doch dafür fehlte ihm die Zeit. Er wechselte nur die Nummernschilder. Für die weitere Strecke hielt er es für sicherer, zunächst nur abgelegene Landstraßen statt der Autobahn zu benutzen.

Kapitel 51

Kommissar Redlich hatte bereits eine Krisenstabssitzung hinter sich. Der Polizeipräsident hielt es für notwendig, zwischenzeitlich den Opferschutz zu erhöhen. Laura wurde nach einem kurzen Aufenthalt in ihrer eigenen Wohnung, aus der sie sich ein zweites *iPhone* mitnehmen durfte, umgehend in ein Safe House gebracht. Dabei handelte es sich um einen sicheren Unterschlupf, dessen genaue Adresse nur die Polizei kannte. Tagsüber wurde sie von zwei Beamten bewacht. Aus ermittlungstaktischen Gründen konnte Kommissar Redlich nicht die ganze Zeit bei ihr bleiben. Nachdem sein Telefon am Vormittag geklingelt hatte und er über die heiße Spur im Norden informiert wurde, setzte er alles in Bewegung, um den Täter schnellstmöglich aufzuspüren. Vor dem Safe House unterhielten sich derweil die beiden Beschützer, während Laura drinnen auf dem Sofa lag und sich langweilte.

»Ist hübsch die Kleine. Traust du dich, sie auf ein Date einzuladen? Oder ist dir die Sache zu heiß?«, fragte einer der Bewacher seinen Kollegen.

»Man Julius, du kennst doch unseren Codex. Fange niemals eine Liebschaft mit einer Klientin an. Das könnte uns den Job kosten«, erwiderte der Kollege.

»Hast du ihren Stream gesehen? Was würde ich geben, um eine Nummer mit ihr zu schieben. Denkst du, der Vogel sucht noch nach ihr?«

»Und wenn schon, der wird niemals herausfinden, wo wir sind. Nicht mal der Polizeipräsident kennt unseren Standort. Ich könnte seelenruhig die Kleine wegmachen, sie stundenlang bürsten und durchbügeln, das würde niemand mitbekommen«, sagte Julius zu seinem Kollegen.

»Guck dir mal diesen Körper an!«

Beide Beschützer schauten auf ein Handyvideo, das Laura halbnackt zeigte und sich offenbar im Internet verbreitet hatte. Es war ein Ausschnitt aus der Szene im Heizkraftwerk, der Raum wurde immer heißer und Laura begann zu schwitzen. Obwohl es Luzius ursprünglicher Plan war, sie dort vor den Augen der Welt einen grausamen Hitzetod sterben zu lassen, erreichte er noch viel mehr. Die Menschen begannen, sich für Laura zu interessieren. Wenn ein fremder Mensch, so jung und schön er auch sein mochte, wenn dieser anonyme Jemand irgendwo bei seiner Flucht im Mittelmeer ertrank oder von einer Landmine in tausend Stücke zerfetzt wurde, interessierte man sich kaum dafür. Aber wenn es eine junge Frau betraf, mit der man sich selbst identifizieren, auf die man sämtliche Hoffnungen projizieren konnte, war es etwas anderes. Wenn diese Frau plötzlich bedroht wurde, stieg blanker Zorn in den Menschen auf. Die Medien trugen ihr Übriges dazu bei, sie griffen das aufkeimende Interesse auf und reproduzierten die Information, sodass noch mehr Menschen von der leidvollen Geschichte von Laura emotional berührt wurden. Durch die flackernde Mattscheibe bekam diese einst so fremde Person eine besondere

Bedeutung. Jedes kleinste Detail aus ihrem Leben wurde zu einer Schlagzeile. *Twitter* und *Instagram* waren die Plattformen, die dazu dienten, das Interesse der breiten Masse am einzelnen Individuum zu stillen. Für Luzius konnte es nicht besser laufen. Als dann auch noch große Boulevard-Medien sämtliche Social Media Accounts von Laura investigativ veröffentlicht hatten, konnte Luzius Vorfreude auf die Vollendung seines Plans gar nicht mehr größer werden. Fast jeder kannte nun die tragische Geschichte von Laura und dem besessenen Psychopathen. Die Medien hatten ihn bereits als geisteskranken Ökokiller dargestellt. Ob er auch die Macht besaß, ein passendes Ende für Lauras tragische Geschichte zu finden?

Kapitel 52

Luzius hatte einige Stunden zuvor einen Abstecher an einer Tankstelle eingelegt. Dort kam ihm eine zündende Idee, eine Art Eingebung wie er es oft nannte, die seinen bestialischen Plan auf eine geniale Weise ergänzen sollte. Er hatte den Fluchtwagen bereits im Morgengrauen vollgetankt und Ersatzkanister mit Diesel und Benzin befüllt, noch bevor irgendwer nach ihm suchte. Als er die Autobahnabfahrt Schwerin erblickt hatte, sehnte er sich nach Kultur. Er wollte ein allerletztes Mal das prächtige Schweriner Stadtschloss besuchen und im Schlossgarten einen heißen Espresso genießen. Er parkte seinen Wagen unweit der Sehenswürdigkeit. Dann schlenderte er gemütlich über die Brücke, vor ihm erhob sich das Bauwerk in seiner vollen Pracht. Eine Gruppe junger Schülerinnen und Schüler kam auf ihn zu.

»Erzähl uns einen Witz!«, bat eine Schülerin.

»Rennt ein Schwein um die Ecke, ist es weg«, erwiderte Luzius trocken mit zugezogener Kapuze und Sonnenbrille, bevor er tatsächlich selbst um die Ecke abbog. Das junge Mädchen lachte gekünstelt und ging zu ihrer Gruppe zurück. Offenbar sammelte die Gruppe zufällig Witze von fremden Passanten, das gehörte wohl zu einer Art Mutprobe. Ein parkendes Polizeiauto stand vor dem Schweriner Stadtschloss. Luzius erinnerte sich daran, dass hier der Landtag von Mecklenburg-Vorpommern seinen Sitz hatte. Er nickte dem wartenden Polizeibeamten freundlich zu. Dieser hob nur fragend die Augenbrauen. Es war so einfach. Seelenruhig spazierte Luzius durch die Grotte, er umrundete die kleine Insel und betrachtete von jeder Seite die romantische Kulisse des Bauwerks. In der Orangerie ließ er sich einen Espresso servieren.

Er bezahlte mit dem gestohlenen Geld des Anglers, die Gärtner wuselten um ihn herum und sorgten für ein herrschaftliches Gefühl in Luzius. In diesem Augenblick fühlte er sich über allen anderen Menschen erhaben. Es schien so, als wäre er unantastbar, eine Art höhere Instanz, die Recht über Unrecht walten ließ. Beim Anblick des Schweriner Stadtschlosses drifteten seine Gedanken erneut ab. Wie sehr hatte sich die deutsche Bundesrepublik in den vergangenen Jahrzehnten von fossilen Energieträgern abhängig gemacht? Hatte *Gazneft* nicht sogar seine Finger mit im Spiel, als im Landtag hinter den Mauern dieser romantischen Kulisse über neue Pipeline-Systeme für Erdgas verhandelt wurde?

Während er an seinem Espresso schlürfte und sein Blick über das Wasser wanderte, wo Scharen von braunen Enten und weißen Schwänen nach Futter suchten, dachte er an seinen Plan und die beiden vollen Benzin- und Dieselkanister. Er würde Laura erneut entführen und ihr dann während des Live-Streams das Endprodukt ihrer eigenen Arbeit einflößen. Schließlich war ihre Arbeit bei *Gazneft* darauf ausgelegt, diverse Mineralölprodukte der Firma zu bewerben und für die Politik zu lobbyieren. Wenn sie dann mit Benzin und Diesel vollgefüllt war, würde er ein Streichholz entzünden. Dann wäre sein Werk endlich vollendet.

»Bis zum letzten Tropfen«, würde er dann in die Kamera schreien, »… bis zum letzten Tropfen.«

Und weil die Atmosphäre im Schlossgarten so passend war, bisher niemand auch nur den Hauch einer Idee davon hatte, wer er in Wirklichkeit war, zückte er das gestohlene Handy hervor, um seinen Monolog einzusprechen. Zuvor hatte er das Gerät mit dem abgetrennten Daumen entsperrt, der sich in seiner Jackentasche befand. Er trug die Jacke von *Patagonia* mit Stolz.

»Laura steht für das Zeitalter der *Petromoderne*«, sagte Luzius zur Eröffnung seiner Rede. Nach einer kurzen Pause setzte er seinen Monolog fort.

»In welchem Raum Sie sich auch immer gerade befinden, alles um Sie herum hat einen Bezug zu fossilen Rohstoffen. Das Gerät, das Sie benutzen, um diesen Stream zu schauen, es enthält Kunststoffe, deren Vorprodukte auf Erdöl basieren. Die Farben und Lacke in Ihrem Raum bestehen aus synthetischen Stoffen, für deren Herstellung Erdöl benötigt wird. Die letzte Mahlzeit, die Sie heute eingenommen haben, Sie ahnen es bereits, hat einen klaren Bezug zu Erdgas oder Erdöl. Denn nicht nur für die Liefer- und Transportwege der Lebensmittel werden fraktionierte Erdölprodukte wie Benzin, Diesel oder Kerosin benötigt. Auch für den Anbau von Getreide und

Mais ist Düngemittel unerlässlich, das mit Hilfe fossiler Energieträger gewonnen wird. Ich erspare es mir anzumerken, dass auch die Erntemaschinen auf die hohe Energiedichte des Erdöls angewiesen sind und derzeit nicht mit erneuerbaren Energien, Elektrizität oder Wasserstoff betrieben werden können«, sagte Luzius. Er drückte kurz auf Pause und nahm einen Schluck vom Espresso. Kurz darauf fuhr er fort.

»Laura musste bisher viel Leid ertragen, das gebe zu. Sie entkam ihrem Schicksal im übertragenen Sinne durch Anpassung und Flucht. Doch das Finale wird sie nicht überleben. Denn ihre Existenz basiert allein auf fossiler Energie. Sie ist das beste Beispiel für einen Menschen, den es ohne Erdöl nie gegeben hätte, so wie Sie und mich. Wenn wir in der Menschheitsgeschichte zurückgehen, beschleunigte sich die Industrialisierung erst durch die Nutzung fossiler Energieträger. Bis zu diesem Zeitpunkt lebten vergleichsweise wenige Menschen auf dem Planeten. Doch neue Technologien und die Erschließung fossiler Energieträger führten zu einer explosionsartigen Vermehrung des *Homo sapiens*. Ohne billiges Erdöl und Erdgas, das aus konventionellen Quellen stammt, hätte es die Vorfahren von Laura nie gegeben. Denn es hätte die nötige Energie gefehlt, ihnen die Existenz zu ermöglichen. Während Lauras Vorfahren in Westdeutschland noch in den Genuss billiger Energie kamen und die Wirtschaft florierte, musste Laura bereits einige schwere Wirtschaftskrisen miterleben, die oft einen Bezug zur Energieverknappung hatten. Die Ausweitung der Anbauflächen konnte nicht mit dem globalen Bevölkerungswachstum Schritt halten. Nur durch die chemische Synthese von Dünger und dem Einsatz von Maschinen war es überhaupt erst möglich, immer mehr Ertrag pro Anbaufläche zu erwirtschaften«, schwafelte er. Nach einem kurzen Räuspern und einem weiteren Schluck seines Heißgetränks setzte er seinen Monolog fort. Nun wählte er eine etwas persönlichere Ansprache.

»Die *Petromoderne* durchdringt jeden einzelnen Lebensbereich. Vom Gedanken an das exotische Abendessen bis hin zur bevorstehenden Urlaubsplanung. Ohne Energie verkommt im besten Fall alles zu einem tristen Grau, im schlimmsten Fall zu einer Hungersnot. Durch den Wegfall billiger Energie wird aus dem kulinarischen Hochgenuss ein schleimiger Brei und aus dem geplanten Urlaub in der Karibik ein Aufenthalt zum Holzsammeln im nahegelegenen Wald. Wir stehen an einem Wendepunkt in der Menschheitsgeschichte, an dem billige Energieträger der Vergangenheit angehören werden. Die Politik hat es jahrelang verschlafen, rechtzeitig in den flächendeckenden Ausbau erneuerbarer Energien zu investieren und die Wirtschaft entsprechend umzugestalten.

Die sich auftuende Energielücke kann nicht alle Lebensbereiche der Bundesbürger vollständig abdecken. Energiearmut wird zur neuen Lebensrealität werden. Eine ausufernde Inflation, explodierende Lebensmittel- und Energiepreise sind nur der Anfang einer schleichenden Entwicklung, bevor sich die Regale im Supermarkt und Discounter endgültig leeren werden. Denn für Anbau, Herstellung, Lagerung, Haltbarmachung und Transport von Lebensmitteln benötigt man fossile Energieträger, die uns fehlen werden. Im schlimmsten Fall wird es neben steigenden Strompreisen auch zu Frequenzabfällen im Stromnetz und flächendeckenden Stromausfällen kommen. Dies wird zu einem Vertrauensverlust in die Regierung führen, zu einer schrumpfenden Wirtschaft und letztendlich zu ausuferndem Elend. Alle vorgetragenen Punkte werden während der weltweiten Dekarbonisierungsoffensive eintreten, die notwendig sein wird, um die existentiell bedrohliche Klimakatastrophe aufzuhalten. Das zukünftige Leben wird sich nur noch auf wenige Quadratmeter im unbeheizten Wohnzimmer beschränken. Wenn das brennende Licht in Laura endgültig erloschen ist, solltet ihr daran denken, dass die Veränderung in euren Köpfen beginnen muss. Niemand aus der Politik wird euch jemals die ungeschönte Wahrheit sagen. Die Wahrheit ist so ernüchternd, dass jenen eine

Wiederwahl unmöglich erscheint, die sie laut aussprechen. Schaut in die gequälten Augen von Laura, fühlt ihren Schmerz und erinnert euch an meine Worte, wenn das Unvermeidliche geschieht!«

Kapitel 53

»Ich muss töten, um mich lebendig zu fühlen«, nuschelte Luzius während der Fahrt mit dem geklauten Auto in sich hinein, als er auf der Landstraße entlangfuhr. Verfolgt wurde er von einem giftgrünen Transporter, der vermutlich zu einer Berliner Reinigungsfirma gehörte und im Umland unterwegs war.

Als der Transporter zum Überholvorgang ansetzte, widerstand Luzius dem inneren Drang, selbst so stark zu beschleunigen, dass der Transporter mit dem Gegenverkehr kollidierte. Im gleichen Augenblick ertönte im Radio ein Song von Freddy Quinn mit dem Titel »Schön war die Zeit«, was Luzius etwas entspannte. Er drehte das Radio lauter und trommelte mit beiden Zeigefingern zum Rhythmus der Melodie auf das Lenkrad. Die einsetzende Melancholie übertünchte das vorherige Verlangen nach Destruktivität. Und als das Lied zu Ende war, fragte er sich, woher dieser innere Drang nach Auslöschung kam. Was war der Grund für seine pessimistische Weltsicht? Warum konnte er das Leben nicht wie jeder andere Mensch genießen? Woher kamen die Stimmen in seinem Kopf?

Diese Fragen quälten ihn. Es schien, als würde es eine unsichtbare Kraft geben, die nach Zerstörung strebte und seinen Geist immer wieder heimsuchte. War es die dunkle Energie, die sich unsichtbar über das gesamte Universum erstreckte und jeden Winkel ausfüllte? Oder eine Art innerer Dämon, der unbemerkt von Luzius Besitz ergriffen hatte? Vielleicht lag es auch nur an der Einsamkeit und dem Verlangen nach Geborgenheit und Liebe, beides unvermeidbare Resultate seines destruktiven Verhaltens. Während das Sichtbare in unserer Welt vom Gewachsenen und Erbauten profitierte, sich die Schönheit des Symmetrischen in allem Begehrenswerten wiederfand, hatte man für das Zerstörende nur niederträchtige und abwertende Gefühle übrig. Dabei war es die Zerstörung, die es dem Begehrenswerten überhaupt erst ermöglichte, von Kräften erbaut zu werden, die das Zerstörende zwar verabscheuten, sich aber an dessen Überresten zu schaffen machten. So wie der Phoenix aus der Asche entstanden war, konnte Schönes nur auf einem Berg aus Vergangenem entstehen. Sogar aus den blutigsten Trümmern einer zerstörten Stadt konnten Bauten von unendlicher Eleganz entstehen. Alles war stets im Gleichgewicht, ohne Zerstörung konnte es keinen Aufbau geben, ohne Aufbau keinen Niedergang.

Es war wie im Krieg. Wenn plötzlich ein Speer vom Himmel fiel und einen unschuldigen Menschen zufällig ohne Vorankündigung traf, war der Aufschrei groß. Doch wenn jener Speer im Krieg niedergehen würde, gäbe es keinen Aufschrei. Wenn das Töten für eine größere Partei, ein organisiertes Konstrukt in Form eines Staates, eines Stammes oder einer Nation plötzlich legitimiert würde, wenn die systematische Auslöschung von Menschenleben mit modernen Waffensystemen plötzlich zur Normalität würde, hätte die Destruktivität gesiegt. Seit Anbeginn der Menschheitsgeschichte war kein Volk frei vom Krieg. Immer wieder wurde getötet für einen vorgeschobenen höheren Zweck. Abgesteckte Grenzen und gefühlte Nationalitäten, Glaubensrivalitäten, Machtauslebungen und Ressourcenkonkurrenz. Wenn es nur diese eine Menschheit gab und jeder Mensch den gleichen Wert hatte, warum bekämpfte man sich dann gegenseitig? Warum kooperierte man nicht, um die großen Probleme der Zeit gemeinsam anzugehen? Warum ließen sich die kleinen Leute immer wieder hineinziehen in die großen Schlachten der Mächtigen? Warum wurden seit Menschengedenken stets Gründe gefunden, um einen Krieg zu rechtfertigen? War es in Anbetracht der vielen vergeudeten

Menschenleben im Krieg denn wirklich so verwerflich, wenn ein Opfer wie Laura für einen höheren Zweck erbracht werden musste? Wenn sich dadurch die gesamte Menschheit retten ließ? War es dann nicht auch vollkommen legitim, wenn Laura als Vertreterin von *Gazneft*, als menschliches Symbol der *Petromoderne*, geopfert werden musste?

Kapitel 54

»Hey Kleine, ist bei dir alles okay?«, fragte Julius. Laura nickte verschlafen. Sie hatte Hunger bekommen. Zwischendurch war sie immer wieder eingenickt. Das Bett im Safe House war zu unbequem, um länger als dreißig Minuten am Stück darauf zu schlafen. Wenn sie dann endlich etwas Schlaf finden konnte, kamen die Alpträume zurück. Da war ein kleiner fensterloser Raum ohne Ausgang, in dem sie sich befand. Die Wände kamen immer näher wie eine Walze auf sie zugerast. Wenn die Wände dann mit ganzer Kraft auf sie drückten, setzte ihre Atmung im Traum kurz aus. Dann bekam sie keine Luft mehr. Mit einem lauten Seufzer schreckte sie auf. So ging das die ganze Nacht über, oft sogar bis zum nächsten Morgen. Was zurückblieb, war ihre bleierne Müdigkeit. Ob der Schmerz in ihren Knochen nur psychosomatisch war oder durch die Wurmkur ausgelöst wurde, blieb ebenfalls ein Geheimnis. Fakt war jedoch, dass die Medikamente höllische Magenschmerzen auslösten. Außerdem musste sie ständig auf die Toilette.

»Muss nur kurz aufs Klo«, erwiderte Laura gähnend. Mit knurrendem Magen lief sie an Julius vorbei, der breitschultrige Sicherheitsmann konnte das Knurren hören. Julius wählte die Nummer des einzigen Pizzalieferanten. Er klopfte an die Tür des Badezimmers.

»Was möchtest du essen?«, fragte er.

»Pizza Margaritha«, erwiderte Laura. Ihr war speiübel. Vielleicht würde etwas Weizengebäck mit milder Tomatensoße und Käse ihren Magen beruhigen, dachte sie. Fast hätte sie sich beim Gedanken an die Pizza übergeben müssen, doch innerlich beruhigte sie sich. Schließlich war sie jetzt in Sicherheit. Die Behörden hatten alles im Griff. Es gab keinen Grund für die aufkeimende Panikattacke.

»Übrigens, echt cooler *Instagram* Account«, sagte Julius voller Bewunderung. Er wartete offenbar vor der Badezimmertür, das nervte sie gewaltig. Laura konnte nicht genau einschätzen, ob Julius sie gerade anbaggerte. Doch warum sonst erwähnte er ihren

Instagram Account?

Sie empfand diese Äußerung als äußerst unprofessionell. Schließlich war er nicht hier, um Frauen anzubaggern, sondern um sie zu beschützen. Kurz bevor Julius erneut Luft holen konnte, um seine Aussage zu relativieren, kam ihm Laura zuvor.

»Julius, du bist echt nett. Aber ich finde es ehrlich gesagt etwas unprofessionell von dir. Kannst du bitte einfach deinen Job machen und damit aufhören, mich auf *Insta* zu stalken?«

Kapitel 55

Mit einem scharfen Blick kontrollierte Luzius die prall gefüllten Benzin- und Dieselkanister auf der Rücksitzbank. Er war nur noch wenige Autominuten von Laura entfernt. Als er das Safe House endlich erreicht hatte, parkte er den Wagen unauffällig mit ausgeschalteten Lichtern am Seitenstreifen. Zunächst beobachtete er die Situation aus sicherer Entfernung. Die Silhouetten der beiden Sicherheitsdienstleute verrieten ihm, dass Laura offensichtlich bewacht wurde. Zuvor hatte er auf *Google Maps* die nähere Umgebung ihres Standortes untersucht und potentielle Schwachstellen im Sicherheitssystem ausgekundschaftet. Die beiden Wachleute campierten vor dem Eingangsbereich.

Luzius hatte im Kofferraum des geklauten Wagens nützliche Utensilien gefunden. Da der Vorbesitzer des gestohlenen Fahrzeugs ein Angler war, befanden sich diverse Ausrüstungsgegenstände auf der hinteren Ladefläche. Neben einer Angelrute mit Rolle und strammer, monofiler Schnur, lag auch eine Futterschleuder im Kofferraum. Damit ließen sich runde Angelköder, sogenannte Boilies, an den Angelplatz befördern. Luzius hatte den Wagen so geparkt, dass die Wachleute ihn nicht sehen konnten. Er stieg aus dem Fahrzeug und öffnete die Kofferraumklappe. An die stabile Hauptschnur der Angelrute befestigte er einen schweren Pilker, den er zuvor in einer kleinen Kiste gefunden hatte. Pilker kamen überwiegend zum Fang von großen Meeresfischen beim vertikalen Pilkangeln zum Einsatz. Sie ähnelten einem Beutefisch, waren jedoch aus Blei gegossen und farbig mit Schuppenmustern lackiert. An der Unterseite des Köders befand sich ein spitzer Drillingshaken, der sich blitzschnell ins Fischmaul bohrte, wenn der Anbiss erfolgt war. Die drei Widerhaken waren dazu da, ein Ausschlitzen aus dem Maul des gehakten Fisches zu verhindern.

Luzius sicherte die Verbindung mit einem Blutknoten, den er zuvor schon oft benutzt hatte, wenn er Schnüre miteinander verbinden wollte. Einem vorbeiziehenden Passanten nickte er freundlich zu, als dieser sich nach dem Fang erkundigte. Auf die Frage, ob er denn erfolgreich gewesen sei, erwiderte Luzius, dass die Algenblüte an der Ostsee ihm den Fang vermiest hatte, was vermutlich auf den Klimawandel zurückzuführen sei. Es wäre in den letzten Jahren immer schwieriger geworden, noch ordentliche Dorsche an Land zu ziehen. Dann schimpfte er auf die strengen Fangquoten und die Politik, die an allem schuld sei. Nachdem er das Gespräch endlich abgewürgt hatte, suchte er sich einen gut versteckten Platz neben einem Gebüsch. Es war bereits dunkel und das Buschwerk lag einige Meter vom Haupteingang des umzäunten Gebäudes entfernt. Die beiden Wachleute standen mit verschränkten Armen vor dem Haupteingang und redeten. Luzius konnte lediglich einige lose Wortfetzen aufgreifen. Offenbar ging es in dem Gespräch um Laura und ihren geleakten *Instagram* Account.

Luzius wartete darauf, dass der letzte Spaziergänger mit Hund um die Ecke abgebogen war und das Moped einen ausreichenden Abstand eigenommen hatte. Dann warf er die Angelrute quer über das Grundstück aus. Der Pilker landete im gegenüberliegenden Gebüsch. Der verhallende Lärm des Mopeds überlagerte das Rascheln der Sträucher. Der Pilker verhakte sich in dem Gestrüpp. Nachdem Luzius sichergehen konnte, dass genügend Spannung auf der Schnur war, kappte er die Leine und band das Ende an einem Zaunpfahl fest. Er wiederholte diesen Vorgang mit weiteren Angelködern, die er aus dem Kofferraum mitgenommen hatte. Dafür ließ er sich genügend Zeit, stets wartete er darauf, dass vorbeifahrende Autos das Geräusch des Aufpralls übertönten. Passanten waren um diese Uhrzeit glücklicherweise kaum noch draußen unterwegs. Wenn ein Autofahrer doch einmal langsamer vorbeifuhr und misstrauisch zu ihm rüber schaute, warf Luzius dem Fahrer einen freundlichen Blick zurück. Was hatte man schon von einem netten Nachtangler zu befürchten, der offensichtlich seine Ausrüstung zum Auto oder Eigenheim trug?

Schon bald umzäunte die durchsichtige Hauptschnur das gesamte Grundstück in allen erdenklichen Winkeln und Höhen. Nur einen schmalen Streifen ließ Luzius aus. Dieser sollte vom hinteren Fenster des Gebäudes direkt zum Fluchtwagen führen. Um in das Gebäude zu gelangen, startete Luzius sein Ablenkungsmanöver. Dazu sammelte er einige kleine Steine von der Straße auf und legte sie in die Öffnung der Futterschleuder. Anschließend schoss er die Steine auf die großen Mülltonnen. Das donnernde

Geräusch schreckte die Wachleute auf. Mit einem letzten Schuss auf die Scheibe eines angrenzenden Gartenhauses bewegte er die beiden Wachleute endlich vom Haupteingang weg.

Kapitel 56

Laura lag auf dem Bett. Ihre Beine wippten zum Takt der Melodie, die aus ihren weißen Air Pods ertönte. Der entspannende Sound der *Spotify* Playlist löste ein vertrautes Gefühl von Geborgenheit in ihr aus. Sie hörte die alten Tracks aus ihrer Kindheit immer dann, wenn es ihr besonders schlecht ging. Musik war Balsam für die Seele. Tief in nostalgische Erinnerungen versunken, öffnete sie ihre *Instagram* App. So viel Anteilnahme hatte sie nicht erwartet. Die Kontaktanfragen nahmen kein Ende. Zigtausende neue Accounts folgten ihr innerhalb weniger Minuten. Anstatt jedem einzelnen zurück zu schreiben, postete sie eine kurze Story. Darunter schrieb sie: »Es geht mir gut. Vielen Dank für eure lieben Nachrichten. Ihr seid einfach unglaublich. Melde mich später. Kuss.«

Erleichtert schloss sie die Augen. Die Anteilnahme der vielen Menschen gaben ihr Kraft und Zuversicht. Sie stand nun im Mittelpunkt der medialen

Aufmerksamkeit, entsprechend hoch war ihr Einfluss. Sie träumte mit geschlossenen Augen vor sich hin. Würde sie jemals wieder für *Gazneft* arbeiten müssen? Vielleicht ließe sich das öffentliche Interesse sogar gezielt ausnutzen, dachte sie. Schließlich bezahlten Firmen viel Geld für Authentizität und Reichweite. Welche Produkte sie wohl bewerben würde, wenn sie endlich wieder nach Berlin zurückkäme? Wimperntusche, Lippenstift, Hautcreme oder doch lieber Luxusartikel von *LVMH*? Schließlich vergötterte sie die Handtaschenkollektion von *Louis Vuitton* und es gab nichts Köstlicheres am Abend als den Flaggschiff-Champagner *Moët Impérial*, serviert zu Austern und Kaviar.

Sie hing diesem Gedanken noch einen Moment lang nach, als es ihr plötzlich eiskalt den Rücken hinunterlief. Eine raue Hand legte sich auf ihren Mund. Der Traum war vorüber. Sie öffnete die Augen und schaute in das Gesicht des Bösen. Ein abgebrochener Hilfeschrei suchte sich seinen Weg nach draußen. Luzius hatte sie gefunden.

***

Vor dem Safe House spielten sich derweil dramatische Szenen ab. Julius leuchtete mit seiner Taschenlampe in die Gartenlaube, deren Scheibe geborsten war.

»Hier ist nichts!«, sagte er zu seinem Kollegen. Als dann Lauras abgebrochener Hilfeschrei ertönte, gerieten die Beiden in Panik. Sie rannten im hohen Tempo um das Haus herum. Es dauerte keine drei Sekunden, da hatte sich der erste Leibwächter in der Sehne verfangen. Offenbar war er nichtsahnend mit Volldampf hineingerannt. Die pure Energie entlud sich an seinem Hals. Das scharfe Material hatte bereits die Epidermis seiner Haut durchbohrt. Er schrie vor Schmerz und ruderte mit beiden Armen umher, fiel schließlich hin und fasste mit seiner Hand vor lauter Schreck in eine weitere Angelschnur. Auch diese schnitt sich immer tiefer ins Fleisch. Julius, der nicht annähernd verstand, was soeben passiert war, hielt kurz inne. Er verlangsamte sein Tempo und leuchtete mit der Taschenlampe zu seinem verletzten Kollegen hinüber.

»Verdammt, eine Falle. Pass auf, wo du hinrennst!«

Für seinen Kollegen kam die Warnung jedoch zu spät. Vorsichtig näherte sich Julius seinem verletzten Kollegen. Auf dessen Haut hatte sich bereits ein feiner Blutfilm gebildet.

»Alles in Ordnung?«, fragte Julius.

»Laura braucht dich. Ich komm hier schon klar!«

Die Angelschnur war zum Glück nicht stark genug, um sich tiefer ins Fleisch zu graben. Sie hatte lediglich die Epidermis und die darunterliegende Bindegewebsschicht getroffen, aber keine größeren Gefäße oder Sehnen durchtrennt. Vorsichtig kämpfte sich Julius zu Laura durch. Er umging die Fallen behutsam wie in einem Videospiel, bei dem man Laserstrahlen ausweichen musste. Das kostete wertvolle Sekunden. Als er mit erhobener Waffe und zitternder Taschenlampe endlich die Tür zu Lauras Zimmer aufgestoßen hatte, zuckte er kurz zusammen. Von Laura fehlte jede Spur. Er hörte nur noch ein lautes Reifenquietschen. Enttäuschung und Reue vermischten sich mit Wut und Selbstzweifel. Er zögerte einen kurzen Augenblick, bevor er allen Mut zusammennahm, zum Funkgerät griff und die Einsatzleitung informierte.

Kapitel 57

»Es soll endlich das verdammte Smartphone entsperren!«, geiferte Luzius mit vorgezogener Pistole. An einem entlegenen Feldweg hatte er den Fluchtwagen geparkt. Urplötzlich hatte er sich in Luzie zurückverwandelt und Laura mit der gestohlenen Tatwaffe bedroht. Offenbar fiel es ihm so leichter, seinen dämonischen Plan zu vollenden. Der leicht narkotisierende Geruch von Benzin und Diesel lag bereits in der Luft und trübte seine Wahrnehmung.

Laura hatte die ganze Zeit über geweint. Ihr Gesicht war zu einer traurigen Grimasse verzogen, deshalb erkannte *Face ID* ihre Identität nicht. Doch nur so konnte er an ihre Kontaktdaten und ihren *Instagram* Account gelangen. Ihr neues *iPhone* konnte Luzius nicht so einfach hacken. Er benötigte ihre Mithilfe. Also besänftigte er seine Stimmlage, steckte die Pistole in seine *Patagonia* Jackentasche und redete davon, dass er die Entführung bereuen würde und sie schon bald wieder nach Hause gehen könne. Dieser Trick zeigte sofort Wirkung. Laura weinte nicht mehr, stattdessen schöpfte sie neue Hoffnung. Nachdem sie sich die Tränen aus dem Gesicht gewischt und ihre Frisur zurechtgerupft hatte, griff Luzius blitzschnell zu ihrem Smartphone. Erschrocken schaute sie in die Frontkamera. Endlich erkannte *Face ID* ihr Gesicht. In den Einstellungen schaltete Luzius das automatische Sperren des Bildschirms ab, sodass Lauras Smartphone ununterbrochen entsperrt blieb. Dann fesselte er sie mit zwei Kabelbindern am Sitz.

Im Kontaktverzeichnis suchte Luzius nach der Telefonnummer vom Vorstand des *Gazneft* Konzerns. Nachdem er die Nummer endlich gefunden hatte, rief er den Mann mit Lauras Handy über *FaceTime* an. Er richtete die Frontkamera auf Lauras tränenverschmiertes Gesicht.

»Bitte tun Sie, was er sagt«, flehte Laura. Der Vorstandschef schaute irritiert.

»Geht es Ihnen gut? Ich habe von der Entführung über die Medien erfahren. Ist er etwa bei Ihnen?«, fragte der Vorstandschef. Luzius schaltete sich dazwischen.

»Ja, noch lebt sie. Und nun hören Sie mir ganz genau zu. Kennen Sie die Firma *Patagonia*?«

»Was haben Sie mit Laura vor? Warum fragen Sie mich das?«

»Ich möchte, dass Sie es *Yvon Chouinard*, dem Gründer von *Patagonia*, gleichtun. Informieren Sie nach unserem Gespräch umgehend Doktor Baier von *LifeCrop*. Überzeugen Sie ihn ebenfalls von meinem Vorschlag«, sagte Luzius.

»Was genau soll ich tun?«, fragte der Vorstandschef.

»Überführen Sie alle Werte des *Gazneft* Konzerns an eine gemeinnützige Umweltstiftung. Ich werde Ihnen gleich einen Link zusenden. Dort finden Sie alle vorbereiteten Verträge. Die Stiftung wurde bereits gegründet. Einziger Aktionär ist die Erde mit seinen Bewohnern. Wenn Sie mein Angebot ablehnen, stirbt Laura *live* auf Instagram und die Welt wird ihr dabei zusehen. Man wird Ihnen und Doktor Baier die Schuld für Lauras Tod geben. Treffen Sie die richtige Entscheidung, Lauras Schicksal liegt in Ihren Händen!«

Luzius beendete das Gespräch und tippte den Link in das Eingabefeld. Dann schickte er die Nachricht ab. Nachdem die Lesebestätigung eintraf, konzentrierte er sich wieder auf Laura. Irgendwann würde man die Absichten von Luzius minutiös aufarbeiten und dann würde herauskommen, dass die beiden Vorstandschefs den Tod von Laura mitzuverantworten hatten, weil sie nicht auf Luzius Forderungen eingegangen waren. Zumindest spielte dieser Gedanke eine wichtige Rolle in Luzius perfidem Plan. Er hielt es selbst für unrealistisch, dass die beiden Firmen *LifeCrop* und *Gazneft* ihr gesamtes Firmenkapital in eine gemeinnützige Umweltstiftung überführten. Aber allein die öffentliche Diskussion darüber hätte vielleicht dazu geführt, anderen Unternehmen den Weg für solche Entscheidungen zu ebnen. Denn nur so ließ sich der Kapitalismus noch retten. Wenn einhundert Prozent der stimmberechtigten Aktien an eine Stiftung fließen würden, die dazu gegründet wurde, die Werte des Unternehmens zu sichern und einhundert Prozent der nicht stimmberechtigten Aktien an eine Umweltstiftung gehen würden, wäre der Umbau des kapitalistischen Systems gesichert. Dann wären es nicht wenige Privatpersonen, die ihr Milliardenvermögen exorbitant vermehrten, sondern die Bewohner dieses Planeten. Nur so würden sich die natürlichen Lebensgrundlagen der Menschheit ohne Ausrufung einer Ökodiktatur nachhaltig schützen lassen, dachte Luzius.

Kapitel 58

Da Luzius nun alle Vorkehrungen für die Überführung des Firmenkapitals von *Gazneft* und *LifeCrop* getroffen hatte, loggte er sich in Lauras *Instagram* Account ein und öffnete die Funktion für den Live Stream. Anschließend holte er das entwendete

Smartphone des Anglers hervor, auf dem sich seine Ansprache befand. Laura stieß einen kurzen Ekelschrei aus, als sie den abgetrennten Daumen erblickte, der mittlerweile eine undefinierbare Farbe angenommen hatte. Luzius hatte den abgetrennten Daumen zwischenzeitlich im Handschuhfach verstaut, doch nun benötigte er ihn, um das geklaute Smartphone des Anglers zu entsperren. Schließlich befand sich darauf die eingesprochene Ansage, die er vor dem *Schweriner Stadtschloss* aufgenommen hatte.

Zunächst wollte er sie mit leichtflüchtigem Benzin übergießen, ihren Sitz mit schwerflüchtigem Diesel tränken und den Live-Stream abschließend über den weiteren Verlauf abstimmen lassen. Nachdem er sein Pamphlet zur *Petromoderne* und dem Ende des fossilen Erdölzeitalters abgespielt hatte, schaute er gespannt auf die Zahlen der Abstimmung und die Kommentare der Zuschauer. Überrascht stellte er fest, dass niemand seinen Ausführungen gefolgt war, geschweige denn die Intention seiner Handlungen verstanden hatte. Alle Zuschauer stimmten für Laura und beteuerten ihre Unschuld. Stattdessen bekam er hasserfüllte Anfeindungen an den Kopf geworfen, womit er nicht umgehen konnte. Die Zuschauer beschimpften ihn, er sei absolut wahnsinnig und solle Laura gehen lassen. Er überflog die eingehenden Kommentare und bekam starke Selbstzweifel. Der narzisstische

Persönlichkeitsanteil in ihm war sehr empfänglich für Kritik von außen. Obwohl er sich den Plan im Vorfeld ganz genau zurechtgelegt hatte, überwältigte ihn die Anteilnahme der zigtausend Internetnutzer. Sie kommentierten mit Herzchen für Laura, doch für ihn hatten sie nur Hass übrig. Dabei hatte er fest damit gerechnet, dass man ihn im Internet mittlerweile für ein Genie halten würde. Seine Worte verhallten offenbar in den Ohren der satten Gesellschaft. Sie waren wohl noch nicht dazu bereit, der harten Realität ihrer eigenen Zukunft ins Auge zu blicken. Oder wollten sie ihr Schicksal verdrängen und die negativen Gefühle auf ihn projizieren?

Plötzlich war er sich nicht mehr sicher, ob sein Plan funktionierte. Niemand im Stream hielt es für eine gute Idee, ein einzelnes Leben zu opfern, um die gesamte Menschheit zu retten. Vielleicht wollten die Leute aber auch Luzius selbst brennen sehen. Bereits im Mittelalter hatte man Propheten, Hexen und Wahrsager auf dem Scheiterhaufen verbrannt. Was hatte sich seitdem verändert?

Die Wahrheit sollte zu Asche zerfallen. Getrieben vom unbändigen Fanatismus, ausgelöst durch das veränderte Stimmungsbild, startete Luzius eine neue Umfrage. Darin fragte er, ob sie den Propheten brennen sehen wollen.

Kapitel 59

»Ihr wollt mich also brennen sehen, ja?«, schrie Luzius in die Kameralinse. Er war rasend vor Wut, als er auf das Ergebnis der Umfrage schaute. Sechzig Prozent der Teilnehmer stimmten dafür, dass er sich selbst entzünden solle, vierzig Prozent hofften darauf, dass man ihn rechtzeitig fassen würde.

Die Ermittler der Kriminalpolizei hatten den Stream von Beginn an mitverfolgt. Olaf Schwamborn benötigte keine drei Minuten, um den Standort ausfindig zu machen. Alle verfügbaren Einsatzkräfte der Polizei wurden daraufhin alarmiert und zum Tatort geschickt. Die Einsatzkolonne aus Blaulicht und Sirenen war bereits meilenweit zu hören. Luzius, der unbeholfen sein Gesicht filmte und mit den Hassnachrichten überfordert war, realisierte den Ernst der Lage viel zu spät. Er schüttete das restliche Benzin über seinen Kopf und drohte damit, sich anzuzünden. Alles sollte brennen, auch Laura. Wie ein wahnsinniger Despot, der einen ungerechtfertigten Angriffskrieg begonnen hatte, wollte er zusammen mit seinem Opfer untergehen.

Er hielt das Sturmfeuerzeug in die Kamera. Laura flehte: »Bitte Luzius, tue es nicht! Du erreichst damit gar nichts. Es ist vorbei!«

Dann drückte er den Knopf. Doch es geschah, nichts. Der Live-Chat reagierte mit lachenden Emojis und Häme auf seine Unbeholfenheit. Warum das Feuerzeug ausgerechnet jetzt nicht zündete, trieb ihn fast in den Wahnsinn. Schweißperlen standen ihm auf der Stirn. Die Polizeikolonne war nur noch wenige hundert Meter vom Tatort entfernt. Wenn er es jetzt nicht hinbekam, würde man ihn vermutlich festnehmen oder erschießen. So sehr er sich auch bemühte, das Feuerzeug zu entzünden, so hämischer wurden die Beschimpfungen und Hassnachrichten der Zuschauer. Irgendwann fielen Wörter wie »Versager« und »Psycho«.

***

Plötzlich bekam Luzius starke Kopfschmerzen, er schloss die Augen und sah das Gesicht seines Vaters. Die Wörter, die ihn die Zuschauer an den Kopf warfen, erinnerten ihn an seine schwere Kindheit. Sein Vater, ein strenger Hafenarbeiter aus Rostock, bezeichnete ihn damals auch immer als »Versager«. Obwohl Luzius sich in der Schule stets um gute Noten bemüht hatte, verging sich sein Vater regelmäßig an ihm. Oft tat der Vater es als Form der Bestrafung, wenn Luzius eine mittelmäßige Schulnote mit nach Hause gebracht hatte, bei der keine Eins vor dem Komma stand. Seine Mutter war nie zu Hause und so lebte sein Vater jegliche Triebe stets an Luzius aus. Manchmal, wenn der Vater es besonders eilig hatte, tat er es auch ohne Begründung. Luzius verstand dann oft nicht, was er falsch gemacht hatte. Dann genügte auch keine Eins mehr in Mathe oder Physik, dann ging es nur noch darum, dass der Vater endlich zufrieden war und Ruhe gab. Mit den Jahren ließen die Übergriffe zwar nach, doch die seelischen Wunden blieben fest in ihm verankert. Er entwickelte ein starkes Defizit bezüglich sozialer Beziehungen und ein unnachgiebiges Leistungsstreben. Wenn er kurz davor war, an einer schweren Aufgabe zu scheitern, blitzte das Gesicht seines Vaters erneut auf. Diese Flashbacks kamen und gingen, oft setzte dann seine Feinmotorik aus und er ließ Gegenstände fallen. Wenn er dann wieder zu sich kam, stand er manchmal vor dem Scherbenhaufen einer zerborstenen Tasse, ohne sich daran zu erinnern, wie es dazu gekommen war.

***

Nun führten die Flashbacks erneut dazu, dass ihm das Feuerzeug aus der Hand rutschte und zwischen den Fahrersitzen verschwand. Nachdem er wieder zu sich gekommen war, genügte ein kurzer Blick zum Zigarettenanzünder. Er begriff, dass sein ursprünglicher Plan niemals aufgehen würde. Statt wütend zu werden, begann er lautstark zu lachen. Er hatte den Zigarettenanzünder bereits an der Ostseeküste entfernt gehabt, um das gestohlene Smartphone des Anglers zu laden.

Langsam stiegen ihm die narkotisierenden Dämpfe des sich verflüchtigenden Benzin und Diesels zu Kopf. Er fühlte sich nach dem Flashback leicht benommen. Als ein Blauchlichtgewitter um ihn herum auftauchte, schloss er die Augen und grinste hämisch in die Kamera. Dann bewegte er in rhythmischen Bewegungen seine Hände nach oben, so als würde er zu einem langsamen Discobeat tanzen. Doch aus seinem breiten Grinsen wurde schnell ein gespenstisches Lachen, als er sich blitzschnell in die Jackentasche griff und seine Pistole hervorholte. Das flackernde Blaulicht ließ Laura auf ein Wunder hoffen. Es war nur noch eine Frage der Zeit, bis Polizeibeamte vor der Fahrertür stehen würden.

»Steigen Sie sofort mit erhobenen Händen aus oder wir schießen!«, brüllte einer der Polizisten. Luzius richtete den Pistolenlauf auf Lauras linke Schläfe.

»Verpisst euch oder ich knall sie ab!«, schrie Luzius wütend. Kommissar Redlich war ebenfalls am Tatort eingetroffen. Den Live-Stream hatte man längst sperren lassen, doch die zuvor gewonnenen Erkenntnisse über den Geisteszustand des Täters halfen Kommissar Redlich bei der Beurteilung der Sachlage. Mit einem Handzeichen signalisierte er seinem Kollegen, sich vom Fluchtfahrzeug zu entfernen. Stattdessen übernahm er die weiteren Verhandlungen mit dem Täter.

»Das hast du mal wieder verbockt«, sagte Kommissar Redlich zu Luzius.

»Halts Maul, scheiß Bulle!«, brüllte Luzius aus dem Wagen. Nun richtete er die Waffe auf Kommissar Redlich, den Finger nahe am Abzug.

»Du bist nichts weiter als ein Versager«, fügte Kommissar Redlich hinzu. Er hatte bereits im Live-Stream mitverfolgt, wie Luzius auf dieses Trigger-Wort aus dem Chat reagiert hatte. Kommissar Redlich pokerte hoch, doch dies war seine einzige Chance, den Täter zu überwältigen und Laura zu retten.

»Du sollst endlich leise sein! Ich tue nicht mehr, was du sagst. Ich bin jetzt erwachsen«, schrie Luzius aufgelöst.

»Deinen eigenen Vater erschießen, das ist es also, was du willst, ja?«, erwiderte Kommissar Redlich in einem herablassenden Tonfall. Luzius führte seine Pistolenhand nun zum eigenen Kopf, der Lauf zeigte schräg zum Autodach. Erneut bekam er einen Anfall von stechenden Migräne-ähnlichen Kopfschmerzen.

»Hör endlich auf!«, brüllte Luzius nun fast schon weinerlich.

»Versager, Versager, Versager ... du bist nichts weiter als ein Versager«, wiederholte Kommissar Redlich.

Nachdem er das Wort in unterschiedlichen Stimmlagen und Nuancen wiederholt hatte, setzte ein weiterer Flashback bei Luzius ein. Er ließ die Pistole fallen. So wie er zuvor bereits das Feuerzeug verloren hatte, rutschte nun auch die Waffe unter den Fahrersitz. Kommissar Redlich riss blitzschnell die Fahrertür auf.

»Das Spiel ist aus!«, sagte er mit vorgehaltener Waffe zu Luzius.

»Jawohl, Vater!«, erwiderte Luzius unterwürfig. Behutsam ließ er sich Handschellen anlegen und in den gesicherten Polizeiwagen abführen. Mit einer kleinen Kneifzange durchtrennte Kommissar Redlich die Kabelbinder, die noch immer Lauras Handgelenke an einer Aussparung am Beifahrersitz fixierten.

»Kehren Sie in Ihr altes Leben zurück. Der Täter wird nie wieder auf freien Fuß kommen, das verspreche ich Ihnen«, sagte Kommissar Redlich entschuldigend. Laura nickte. »Danke für alles«, erwiderte sie.

Als Laura zu Kommissar Redlich in den Wagen stieg, schaute sie ein letztes Mal in Luzius wahnsinnige Augen. Er saß mit Handschellen gefesselt im gegenüberliegenden Polizeifahrzeug. Um ihn herum standen mehrere schwer bewaffnete SEK-Beamte mit Maschinengewehren. Anna von der Spurensicherung tütete derweil den abgetrennten Daumen des getöteten Anglers ein. Der Tatort wurde daraufhin weiträumig abgesperrt und es galt ein strenges Rauchverbot aufgrund austretender Benzindämpfe.

Beim Gedanken an eine heiße Dusche bekam Laura ein wohliges Gefühl. Schließlich wollte sie sich von diesem ganzen Benzin- und Dieseldreck befreien. Vielleicht würde sie schon bald in diversen Talk-Shows sitzen und ihre Geschichte erzählen. Vielleicht war es gar nicht so verkehrt, wenn sie sich einen neuen Job suchte, vielleicht bei *Greenpeace* oder einer anderen Umweltschutzorganisation. Irgendetwas, das Luzius nicht zur Weißglut brachte. Dann bräuchte sie auch nie wieder Angst vor ihm haben.

Kapitel 60

»Luzius hatte bereits in frühen Kindheitstagen damit begonnen, eine gespaltene Persönlichkeit zu entwickeln«, erklärte der betreuende Psychiater. Währenddessen starrte Luzius im Verhörzimmer apathisch gegen die Wand. Außerhalb des Verhörzimmers unterrichtete der forensische Psychiater Kommissar Redlich über seine neuesten psychoanalytischen Befunde.

»Sie meinen Luzie?«, fragte Kommissar Redlich.

»Nicht nur Luzie; im Kopf des Täters existieren weitere Rollenbilder, die alle eine Gemeinsamkeit haben. Sie überspielen die Angst und Unsicherheit, ausgelöst durch frühere Kindheitstraumata. Luzius wurde als Kind schwer misshandelt und von seinen Eltern emotional vernachlässigt. Indem er sich ein zeitlich drängendes Thema wie die globale Klimakrise gesucht hat, die medial als existenzielle Bedrohung der gesamten Menschheit dargestellt wird, versucht er die emotionale Vernachlässigung seines früheren Ichs zu kompensieren«, erklärte der behandelnde Psychiater. Kommissar Redlich nickte verständnisvoll.

»Und woher stammen diese bestialischen Gewaltphantasien?«, fragte Kommissar Redlich.

»Das lässt sich den früheren Misshandlungen zuordnen. Schaut man etwas genauer hin, hat auch Luzius begriffen, dass diese Welt nur durch ausufernde Gewalt wachzurütteln ist. Er durchlebt quasi einen wiederkehrenden Kreislauf aus Schuld und Sühne. Er selbst sieht die düsteren Zukunftsszenarien vor seinem geistigen Auge ablaufen. Anstatt diese Gedanken zu verdrängen oder therapeutisch aufzuarbeiten und sich den schönen Dingen des Lebens zuzuwenden, spielt er diesen Film immer wieder innerlich ab. Damit quält er sich einerseits selbst, andererseits stumpft er dadurch ab. Er sieht die aufkommenden Kriege und drohenden Hungerskrisen, das aufziehende Leid und Elend. Indem er aber weiterhin Angst davor schürt, verbessert er keineswegs die unmittelbare Situation der Menschen. Stattdessen hilft er den extremistischen Parteien dabei, ihre Macht zu stärken, weil sie von Angst und Panik in der Bevölkerung profitieren. Doch diese politischen Strömungen bieten nicht die richtigen Lösungen für die komplexen Probleme, sie leugnen sogar den Klimawandel. Damit sabotiert Luzius sich und seine für wertvoll erachteten Botschaften erneut selbst, was sein destruktives Verhaltensmuster nur noch weiter verstärkt. Anstatt das eigene Verhalten positiv und konstruktiv anzupassen, sich beispielsweise politisch zu engagieren oder für Umweltstiftungen zu spenden, unterliegt er dauerhaft einem destruktiven Denkansatz.«

»Destruktiver Denkansatz?«, hakte Kommissar Redlich mit hochgezogenen Augenbrauen nach.

»Was wir bisher über die schwere dissoziative Persönlichkeitsstörung mit soziopathischen Zügen gelernt haben, ist das destruktive Verhalten. Aufgrund der Störung aktiviert der Patient nicht seine positiven Handlungsmuster, er versucht stattdessen alles zu zerstören, was annähernd symmetrisch und schön wirkt. Dabei genügen leichte Selbstzweifel, ausgelöst durch externe Faktoren wie Trigger-Worte aus der Kindheit. Der Großteil der Patienten bemüht sich um eine Genesung und Linderung der Beschwerden. Bei unserem Täter treten die destruktiven Muster hingegen regelmäßig in den Vordergrund. Die eigene Unzulänglichkeit, hier in Form einer schweren dissoziativen Identitätsstörung, entlädt sich im Verlangen nach vollständiger Auflösung und Apokalypse. Besonders gefährlich wird es, wenn solche Persönlichkeiten in eine machtvolle Position geraten. Dann möchten sie nicht nur sich selbst, sondern auch alle

Menschen um sich herum mit in den Abgrund reißen. In der Menschheitsgeschichte litten bereits unzählige Herrscher unter vergleichbaren Störungen. Der gesellschaftliche Schaden, den sie ihren Untergebenen zugefügt haben, war stets beträchtlich.«

»Das hat den Täter also dazu bewogen, sich selbst mit Benzin zu übergießen«, wiederholte Kommissar Redlich zum eigenen Verständnis.

»Es kann bei dieser Störung jederzeit zu einem dissoziativen Schub kommen, der sich auch in suizidalem Verhalten äußerst. Anstatt die externen Faktoren für das eigene Scheitern verantwortlich zu machen, bezieht Luzius jedes Versagen direkt auf sich selbst. Obwohl er sich vielleicht wenige Sekunden zuvor noch als großartigen Mahner und einflussreichen Gestalter gesehen hatte, genügen wenige kritische Stimmen von außen, bis das ganze Konstrukt in sich zusammenfällt. Sie haben aus meiner Sicht genau richtig gehandelt. Indem Sie ihn mit seinem Kindheitstraumata konfrontierten und die Rolle seines Vaters imitierten, wurde ein weiterer Schub in ihm ausgelöst, der seine Feinmotorik beeinflusste. Dadurch verlor er die Pistole und Sie konnten ihn gefahrlos überwältigen. Am Ende war es aber sein eigener Verstand, der ihn zur Strecke brachte.«

ÜBER DEN AUTOR

E. Sawyer (1990) ist das Pseudonym eines deutschen Schriftstellers, wohnhaft in Berlin. In seinem atmosphärischen Debütroman "Kalktown Stories" (2014) thematisiert er die Trostlosigkeit ostdeutscher Vorstädte.

Der Psychothriller "Kostbares Blut" (2019) gilt als das erste Hauptwerk des Autors. Im weiteren Schreibprozess kristallisierte sich die Leidenschaft für moderne Spannungsliteratur und Science Fiction heraus.

Anregungen jederzeit gerne an: esawyer@web.de oder über Instagram: e.sawyer_author

www.ingramcontent.com/pod-product-compliance
Lightning Source LLC
LaVergne TN
LVHW041200150826
845673LV00001B/233

* 9 7 9 8 3 6 6 2 0 0 1 7 2 *